Le Petit Prince

앙투안 드 생텍쥐페리 지음

KB192109

김수영 옮김

코너스토
Cornerstone

Le Petit Prince

어린 왕자 스페셜 에디션 홀로그램 은장 양장본

1판 1쇄 펴냄 2024년 3월 8일

지은이 • 앙투안 드 생텍쥐페리
옮긴이 • 김수영
해설 • 변광배
펴낸이 • 하진석
펴낸곳 • 코너스톤
주소 • 서울시 마포구 독막로3길 51
전화 • 02-518-3919
ISBN • 979-11-90669-57-3 03860

차례

이 책을 어른에게 바친 것을 어린이들이 용서해주기를 바란다. 나름 대로의 진지한 이유가 하나 있었다. 이 어른이 세상에서 가장 멋진 내 친구이기 때문이다. 또 다른 이유도 있었다. 그것은 이 어른이 모든 것을, 심지어 어린이를 위한 책까지 이해할 수 있는 사람이기 때문이다. 마지막 세 번째 이유도 있었는데, 이 어른이 파리에서 굶주리고 추위에 떨면서 살고 있어 위로가 필요하기 때문이다. 이 모든 이유로도 충분하지 않다면, 나는 이 어른의 어렸을 적 어린이에게 이 책을 바치고 싶다. 모든 어른은 한때는 어린이였다. (하지만 대부분은 자신이 어린이였단 사실을 기억하지 못한다.) 그러니 내 헌정사를 고쳐 써야겠다.

어렸을 적의 레옹 베르트에게

I

내가 여섯 살 때, 브라질 원시림에 관한 《체험담》이라는 책에서 정말 멋진 그림 하나를 본 적이 있다. 보아 뱀이 맹수 한 마리를 삼키는 그림이었다. 아래는 그 그림을 다시 그려본 것이다.

그 책에는 이렇게 적혀 있었다. "보아 뱀은 자신의 먹이를 씹지 않고 통째로 삼킨다. 그리고 나면 더 이상 꼼짝도 못 하고 여섯 달 동안 잠만 자면서 먹이를 소화시킨다."

그래서 나는 나름대로 밀림에서 일어나는 일을 여러 번 곰곰이 생각해봤다. 그리고 색연필로 나의 첫 그림을 그리는 데에 성공했다. 내 그림 1호였다. 그림은 아래와 같았다.

나는 내 작품을 어른들에게 보여주면서 그림이 무섭지 않으냐고 물었다.

어른들은 나에게 대답했다. "모자가 뭐가 무서워?"

내 그림은 모자를 묘사한 게 아니었다. 코끼리를 삼킨 보아 뱀을 그린 것이었다. 그래서 나는 어른들이 이해할 수 있도록 보아 뱀의 배 속을 그렸다. 하지만 어른들에게는 여전히 설명이 부족했다. 내 그림 2호는 이런 것이었다.

어른들은 나에게 보아 뱀의 배 속이 보이든 보이지 않든 뱀 그림보다는 지리나 역사, 산수, 문법에 관심을 가져보라고 했다. 그렇게 해서, 나는 여섯 살에 화가라는 멋진 꿈을 포기했다. 내 그림 1호와 2호가 실패한 바람에 용기를 잃었던 것이다. 어른들 스스로는 늘 아무것도 이해하지 못한다. 언제나 어른들에게 설명해줘야 한다는 건 어린이들에게 참 피곤한 일이었다.

그래서 나는 다른 직업을 선택해야 했고, 비행기를 조종하는 법을 배웠다. 그리고 비행기를 타고 세계 곳곳을 날아다녔다. 그때는 지리가 정말 많은 도움이 되었다. 단번에 중국과 애리조나를 구분할 수 있었으니 말이다. 지리는 한밤중에 길을 잃었을 때 특히 유용하다.

그렇게 나는 살면서 수없이 많은 진지한 사람들과 수없이 많이 만났다. 어른들과 오랫동안 같이 있었고, 가까이에서 그들을 보았다. 하지만 어른들에 대한 내 생각은 달라지지 않았다.

나는 조금 똑똑해 보이는 어른을 만날 때면 실험 삼아서 항상 가지고 있던 내 그림 1호를 보여주었다. 그가 정말 융통성이 있는 사람인지 알고 싶었던 것이다. 하지만 항상 돌아오는 대답은 같았다. "그건 모자야." 그래서 나는 그에게 보아 뱀 이야기도, 원시림 이야기도, 별 이야기도 하지 않았다. 그 사람이 이해할 수 있는 이야기만 했다. 브리지 게임과 골프, 정치 그리고 넥타이에 대해 이야기했다. 그러면 그 어른은 이성적인 사람을 만나게 된 것에 아주 만족했다.

II

나는 그렇게 진정한 대화를 나눌 사람 한 명 없이 홀로 지냈는데, 6년
전 비행기 사고로 사하라 사막에 불시착하게 되었다. 엔진 어딘가가
부서진 것이다. 비행기에는 나 이외에 정비사도, 승객도 없었기 때문
에 혼자 어려운 수리 작업을 해보기로 마음먹었다. 그건 나에게 죽느
냐 사느냐의 문제였다. 그때 나에게는 마실 물이 일주일 치 정도밖에
남아 있지 않았기 때문이다.

　사하라 사막에 불시착한 첫날 저녁, 나는 그렇게 사람들이 사는
곳에서 아득히 떨어져 있는 사막에서 잠이 들었다. 뗏목 하나 타고
대양 한가운데에 난파된 사람보다 더욱 고립된 신세였다. 그런 상황
에서, 다음 날 아침 어떤 작은 목소리에 잠에서 깼으니, 내가 얼마
나 놀랐을지 한번 상상해보시기 바란다. 그 목소리가 말했다.

"저기… 양 한 마리만 그려줘."

"응?"

"양 한 마리만 그려줘."

나는 번개라도 맞은 듯 자리에서 벌떡 일어났다. 그리고 눈을 비비고 잘 살펴보았다. 정말 특이하게 생긴 작은 아이가 나를 뚫어지게 쳐다보고 있었다. 이 그림이 훗날 내가 그의 모습을 그린 그림들 중 제일 잘 그린 것이다.

물론 내 그림이 실제 모습에 훨씬 못 미친다. 하지만 그건 내 잘못이 아니다. 나는 여섯 살 때 어른들 때문에 화가의 꿈을 접어야 했고, 그때부터 보아 뱀과 속이 보이는 보아 뱀 이외에는 그림 그리는 것을 배워본 적이 없었으니 말이다.

나는 휘둥그레진 눈으로 불쑥 나타난 아이를 보았다. 내가 사람들이 사는 곳으로부터 아득히 멀리 떨어진 곳에 있었다는 사실을 잊지 말기 바란다. 그럼에도 불구하고 이 작은 아이는 길을 잃고 헤매는 것 같지도 않고 피곤해서, 배고파서, 목이 말라서, 두려워서 죽을 것 같아 보이지도 않았다. 사람이 사는 곳에서 아득히 떨어져 있는 사막 한가운데서 길을 잃은 아이의 모습은 어디에도 없었다. 겨우 정신을 차린 나는 아이에게 물었다.

"그런데 너는 여기에서 뭘 하고 있니?"

그러자 아이는 아주 중요한 일이라는 듯이, 그렇지만 아주 부드럽고 진지한 목소리로 되풀이했다.

"저기… 양 한 마리만 그려줘."

너무나 갑작스럽게 신기한 일이 닥쳐오면 감히 거역할 수 없는 법이다. 사람이 사는 곳에서 아득히 떨어져 있고, 언제 죽을지 모르는 위험이 곳곳에 도사리고 있는 곳에서 정말 어처구니없게도 나는 주머니에서 종이 한 장과 만년필을 꺼냈다. 하지만 이내 내가 지리, 역사, 산수, 문법만 공부했다는 사실이 떠올랐다. 그래서 (조금 언짢은 기분으로) 아이에게 그림 그릴 줄 모른다고 했다. 아이는 대답했다.

"괜찮아. 양 한 마리만 그려줘."

나는 양을 그려본 적이 없었기 때문에, 내가 그릴 줄 아는 그림 두 개 중에 하나를 그려주었다. 배 속이 보이지 않는 보아 뱀이었다. 그리고 아이가 하는 대답에 나는 화들짝 놀랐다.

"아니, 이게 아니야! 내가 그려달라고 한 건 코끼리를 삼킨 보아 뱀이 아니야! 보아 뱀은 정말 위험해. 그리고 코끼리는 너무 커. 내가 사는 곳은 작은 곳이야. 난 양 한 마리를 갖고 싶어. 양 한 마리만 그려줘."

그래서 나는 그렸다.

아이는 가만히 들여다보더니 대답했다.

"이게 아니야! 이 양은 벌써 아프잖아. 다른 양을 그려줘."

그래서 나는 다시 그렸다.

아이는 너그럽고 상냥하게 미소 지었다.

"아냐! 이건 양이 아니라 숫양이잖아. 뿔이 있으니까…."

나는 할 수 없이 다시 그렸다.

하지만 역시나 퇴짜였다.

"이 양은 너무 늙었어. 나는 오래 살 수 있는 양을 갖고 싶어."

조금이라도 빨리 엔진을 고치고 싶어 인내심이 바닥 난 나는 아래 그림을 대충 그려놓고, 아이에게 내뱉듯이 말했다.

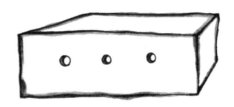

"자, 이건 상자야. 네가 원하는 양은 이 안에 있어."

나는 어린 심판관의 얼굴이 환해지는 것을 보고 깜짝 놀랐다.

"이게 바로 내가 원하던 거야! 이 양은 풀을 많이 먹을까?"

"왜?"

"내가 사는 곳은 아주 작거든…."

"충분할 거야. 내가 그려준 양은 아주 작거든."

아이는 얼굴을 그림에 묻을 듯 들여다보았다.

"그렇게 작지는 않은데. 어! 양이 잠들었어…."

이렇게 나는 어린 왕자를 알게 되었다.

III

어린 왕자가 어디에서 왔는지 알게 되기까지 오랜 시간이 걸렸다. 어린 왕자는 나에게 많은 것을 물어보면서 내 말은 전혀 듣는 것 같지 않았다. 우연히 어린 왕자가 내뱉는 말들로 조금씩 알아갈 수 있을 뿐이었다. 예를 들자면 어린 왕자가 내 비행기를 처음 보았을 때, 나에게 물었다(내 비행기는 그리지 않겠다. 너무 복잡한 그림이다).

"저 물건은 뭐야?"

"그저 물건이 아니란다. 하늘을 날거든. 저건 비행기야. 내 비행기."

그리고 내가 비행기를 조종할 줄 안다는 사실을 알려주고는 뿌듯해했다. 그러자 어린 왕자가 소리를 지르듯 말했다.

"뭐라고! 아저씨가 하늘에서 떨어졌다고?"

"그래." 나는 조심스럽게 말했다.

"아! 재미있네…"

그리고 어린 왕자는 아주 귀여운 웃음을 터트렸고, 나는 기분이 언짢아졌다. 나는 사람들이 나의 불행을 심각하게 여겨주기를 바랐던 것이다. 그러자 그가 말했다.

"그럼 아저씨도 하늘에서 왔구나! 어느 별에서 왔어?"

나는 순간, 그 신비스러운 존재에서 번득이는 빛을 얼핏 보았다. 그래서 나는 불쑥 물었다.

"그러니까 너는 다른 별에서 온 거니?"

하지만 어린 왕자는 대답하지 않았다. 그저 내 비행기를 바라보며 고개를 끄덕일 뿐이었다.

"이걸 타고는 그렇게 멀리서 오지 못했겠는걸."

그리고 어린 왕자는 다시 오랫동안 생각에 잠겼다. 그러다가 주머니에서 내가 그려준 양 그림을 꺼내고는 보물인 것처럼 하염없이 들여다보았다.

반신반의하면서도 내가 '다른 별들'의 비밀에 얼마나 끌렸는지 여러분은 짐작할 수 있을 것이다. 그래서 나는 더 알아보려 애썼다.

"얘야, 너는 어디서 왔니? '네가 사는 곳은 어디니? 내 양을 어디로 데려가고 싶은 거야?"

어린 왕자는 깊은 생각에 잠겨 있다가 대답했다.

"아저씨가 준 상자가 좋은 건 밤이 되면 이 상자가 양의 집이 될 수 있다는 거야."

"물론이지. 네가 원한다면 낮에 양을 묶어둘 수 있는 밧줄도 그려줄 수 있어. 그리고 말뚝도."

하지만 내 제안은 어린 왕자의 마음을 상하게 한 것 같았다.

"양을 묶는다고? 말도 안 돼!"

"하지만 양을 묶어두지 않으면, 양은 아무 데나 갈 테고, 그러다가 길을 잃어버릴 수도…."

그랬더니 내 친구가 다시 웃음을 터트렸다.

"양이 어디로 간다고 하는 거야!"

"어디든 말이야. 앞으로 곧장 갈 수도 있고…."

그러자 어린 왕자가 심각한 말투로 말했다.

"그건 상관없어. 내가 사는 곳은 정말 작거든!"

그리고 조금은 우울해진 목소리로 말했다.

"앞으로 곧장 간다고 해도 멀리 갈 수 없는걸…."

IV

나는 그렇게 아주 중요한 사실 하나를 알게 되었다. 바로 어린 왕자
의 별은 집 한 채 크기밖에 안 될 정도로 아주 작다는 사실이다!

나는 그다지 놀라지는 않았다. 지구나 목성, 화성, 금성 등 우리가 이름을 붙인 거대한 행성 외에도 너무 작아서 망원경으로 봐야 겨우 보일까 말까 한 별들이 수백 개는 더 있다는 사실을 알고 있었기 때문이다. 한 천문학자가 그 별들 중 하나를 발견하면, 그는 번호를 붙인다. 예를 들어 '소행성 325호'로 부르는 식이다.

내가 어린 왕자가 떠나온 별이 소행성 B612호라고 믿는 데에는 확실한 이유가 있다. 이 별은 1909년 한 터키 천문학자가 망원경으로 딱 한 번 본 별이기 때문이다.

그 천문학자는 국제 천문학 학회에서 자신이 발견한 별의 존재를 증명하려고 거창한 발표회를 했다. 하지만 사람들은 그가 입고 있는 옷 때문에 그의 말을 믿지 않았다. 어른들은 이런 식이다.

다행스럽게도 소행성 B612호가 알려질 수 있었던 일이 있었는

데, 바로 터키의 한 독재자가 유럽식으로 입지 않으면 사형에 처하겠다며 유럽식 옷을 강요한 것이다. 천문학자는 1920년, 우아하게 서양식으로 차려입고 다시 한번 발표를 했다. 이번에는 모두가 그의 편이었다.

내가 여러분들에게 소행성 B612호 행성에 대해서 구체적으로 말하고 그 행성의 번호까지 말해주는 것은 바로 어른들 때문이다. 어른들은 숫자를 좋아한다. 당신이 어른들에게 새로 사귄 친구에 대해 말하면 어른들은 절대로 중요한 것은 묻지 않는다. '그 친구의 목소리는 어떠니? 어떤 놀이를 좋아해? 그 친구는 나비를 모으니?' 같은 질문들 말이다. 대신 이렇게 물을 것이다. '그 친구는 몇 살이니? 형제는 몇 명이나 있어? 몸무게는 얼마니? 그 친구의 아버지는 얼마나 버시니?' 그러한 질문에 대한 답을 듣고 나면 그 친구를 안다고 생각한다. 당신이 만약 어른들에게 이렇게 말한다고 해보자. '붉은

벽돌의 아름다운 집을 보았어요. 창문에는 제라늄 화분이 있고, 지붕 위에는 비둘기들이 있었어요…' 그러면 어른들은 어떤 집인지 절대로 머릿속에 그려내지 못할 것이다. 그래서 어른들에게는 이렇게 말해야 한다. '십만 프랑짜리 집을 보았어요.' 그러면 그제야 소리칠 것이다. '정말 예쁜 집이겠구나!'

마찬가지로 당신이 어른들에게 '어린 왕자가 존재했었다는 증거는, 그가 아름답고, 웃었고, 양을 한 마리 원했다는 거예요. 누군가 양을 갖고 싶어 하면, 그것은 그가 존재한다는 증거예요'라고 하면, 어른들은 어깨를 으쓱하며 당신을 어린아이 취급할 것이다! 하지만 당신이 '어린 왕자는 소행성 B612호에서 왔어요'라고 하면 그제야 믿으면서 질문하며 당신을 더 이상 귀찮게 하지 않을 것이다. 어른들은 그런 식이다. 하지만 그들을 나쁘게 생각하지는 말자. 아이들은 어른들에게 너그러워야 한다.

하지만 인생을 이해하는 우리에게 숫자는 중요하지 않다! 이 이야기를 우화처럼 시작하려고도 했었다. 이렇게 시작하면 좋았을 것이다.

'옛날 옛적에, 한 어린 왕자가 자기보다 조금 더 큰 별에서 살고 있었어요. 어린 왕자는 친구가 한 명 필요했지요.' 인생을 알 만큼 아는 사람들에게는 이렇게 시작하는 것이 더욱 진실하게 들렸을 수도 있다.

왜냐하면 나는 사람들이 내 책을 대충 읽는 것을 원치 않기 때문이다. 이 추억을 이야기할 때면 나는 정말 가슴이 아프다. 내 친구가 자신의 양과 함께 가버린 지 벌써 6년이 지났다. 내가 그 친구를 자세히 설명하는 것은 그를 잊지 않기 위해서다. 친구를 잊는다는 것은 슬픈 일이다. 모든 사람이 친구가 있는 것은 아니다. 그리고 나도 숫자에만 관심이 있는 어른이 되어버릴 수도 있었다. 이것이 바로 내가 물감 상자와 연필을 산 이유다. 하지만 여섯 살에 속이 보이는 보아 뱀과 속이 보이지 않는 뱀을 그린 것을 제외하고는 아무것도 그려보지 않은 사람이 내 나이에 다시 그림을 시작하는 것은 정말 힘든 일이다. 물론 나는 되도록 비슷하게 그리려고 노력할 것이다. 하지만 할 수 있을지 확신이 서지는 않는다. 어떤 그림은 닮은 것 같고, 어떤 그림은 전혀 닮지 않았다. 어린 왕자의 키도 확실하게 기억나지 않는다. 이 그림의 어린 왕자가 너무 크고, 저 그림에서는 너무 작다. 어린 왕자의 옷 색깔을 칠하는 것도 조금 망설여진다. 그래서 나는 기억을 더듬어 이렇게, 저렇게 그림을 그렸다. 더 중요한 몇몇 자세한 부분을 잘못 그렸을 수도 있다. 하지만 그런 자세한 부분까지는 여러분이 나를 좀 봐줬으면 한다. 내 친구는 나에게 어떠한 설명도 해주지 않았다. 그는 아마도 내가 자기처럼 설명하지 않아도 알 것이라고 믿었던 것 같다. 하지만 불행하게도 나는 상자 너머 양을 볼 줄 모른다. 나도 어른들과 비슷할지도 모르겠다. 나이를 먹은 게 틀림없다.

V

나는 어린 왕자의 별에 대해 그리고 어떻게 별을 떠나 여행하게 되었는지에 대해 알게 되었다. 셋째 날, 바오밥나무의 이야기도 그렇게 알게 되었다.

이번에도 그 고마운 양 덕분이었는데, 어린 왕자가 갑자기 심각해지면서 내게 물었다.

"양들은 작은 나무를 먹는다는데 정말이지?"

"그래, 정말이야."

"아! 잘됐다!"

나는 왜 양들이 작은 나무를 먹는 것이 중요한지 이해할 수 없었다. 그런데 어린 왕자가 다시 물었다.

"그럼 양들이 바오밥나무도 먹겠네?"

나는 어린 왕자에게 바오밥나무는 작은 나무가 아니라고, 교회처럼 아주 큰 나무라서 코끼리 떼를 데려와도 한 그루도 쓰러뜨리지 못할 것이라고 말해주었다.

코끼리 떼 이야기가 또 어린 왕자를 웃게 했다.

"코끼리들을 층층이 쌓아 올려야겠네…"

그리고는 영리하게도 이렇게 지적했다.

"바오밥나무도 커지기 전에는 조그마해."

"그렇지! 그런데 너는 왜 양들이 작은 바오밥나무를 먹기를 바라는 거야?"

"아, 당연하잖아!" 어린 왕자가 아주 당연하다는 듯이 대답하는 바람에, 나는 혼자서 이 수수께끼를 이해하기 위해 무척이나 애를 써야 했다.

사실 어린 왕자의 작은 별에는 다른 모든 별과 마찬가지로 좋은 풀도, 나쁜 풀도 있었다. 좋은 씨앗에서는 좋은 풀이 나오고, 나쁜 씨앗에서는 나쁜 풀이 나온다. 하지만 씨앗은 눈에 보이지 않는다. 씨앗들은 깨어날 준비를 할 때까지 땅속에서 비밀스럽게 잠을 잔다. 그러다가 기지개를 켜고 먼저 태양을 향해 아직은 아무 해도 입히지 않는 작고 예쁜 싹을 조심스럽게 내민다. 작은 무나 장미 나무의 싹이라면 원하는 대로 자라도록 두어도 괜찮다. 하지만 나쁜 식물의 싹이라면 알아보자마자 바로 뽑아버려야 한다. 어린 왕자의 별에는 끔찍한 씨앗이 있었는데⋯. 바로 바오밥나무의 씨앗이었다. 바오밥나무의 씨앗은 온 땅에 퍼져 있었다. 그런데 바오밥나무는 너무 늦게 손을 쓰면 없앨 수 없게 된다. 그것은 별 전체를 뒤덮고 뿌리를 내리면서 구멍을 뚫는 것이다. 그래서 별은 아주 작은데 바오밥나무가 너무 많으면 별이 부서질지도 모른다.

"이건 생활 규칙의 문제야." 시간이 지난 뒤 어린 왕자가 설명해주었다.

"아침에 자기 몸단장을 마친 후, 별도 정성껏 청소해주어야 해. 바

오밥나무를 장미와 구분할 수 있을 때부터 규칙적으로 뽑아줘야 해. 바오밥나무가 아주 어렸을 때는 장미와 무척 닮았거든. 무척 지루한 일이지만 손쉬운 일이야."

그리고 어느 날, 어린 왕자는 이 이야기가 내가 살고 있는 곳의 어린이들의 머릿속에 쏙 들어갈 수 있도록 멋진 그림으로 그려두는 것이 어떻겠냐고 했다. "언젠가 이 별에 사는 아이들이 여행하게 될 때, 그 그림이 도움이 될지도 몰라. 가끔 자신이 해야 할 일을 미루는 게 괜찮을 때도 있지만, 바오밥나무 같은 경우 끔찍한 결과를 불러와. 한 게으름뱅이가 살고 있는 별을 알고 있었어, 게으름뱅이가 작은 나무 세 그루를 그냥 내버려두었는데 결국…"

　나는 어린 왕자의 충고에 따라 그 별을 그렸다. 나는 도덕가인 척하는 것을 조금도 좋아하지 않는다. 하지만 바오밥나무가 얼마나 위험한지 아는 사람들은 거의 없고, 소행성에서 길을 잃게 될 사람에게 닥칠 위험이 막대하기 때문에, 이번만큼은 예외를 두기로 했다. 나는 이렇게 말했다. '어린이들이여! 바오밥나무를 조심하라!' 내가 이 그림을 이토록 열심히 그린 것은 내 친구들에게 오래전부터 하마터면 빠질 수도 있었던 위험에 대해 경고해주기 위해서였다. 나처럼 아무것도 모른 상태로 말이다. 내가 주었던 교훈은 그럴 만한 가치가 있었던 것이었다. 아마도 여러분은 나한테 물을지도 모르겠다. "왜 이 책에는 바오밥나무 그림처럼 커다란 그림이 없나요?" 대답은 간단하다. 여러 다른 그림도 여러 번 시도했지만 성공하지 못했다. 바오밥나무를 그릴 때는 급박한 마음에 한층 고무되었던 것 같다.

VI

아, 어린 왕자! 나는 이렇게 조금씩 너의 작고 쓸쓸한 생활을 알게 되었다. 오랫동안, 너의 유일한 즐거움은 지는 해의 감미로움이었다. 나는 나흘째 되는 날 아침, 네가 말했을 때 비로소 새로운 사실을 알게 되었다.

"나는 해 질 무렵이 좋아. 우리 해 지는 거 보러 가자…"

"하지만 기다려야 하는걸…"

"뭘 기다려?"

"해가 질 때를 말이야."

내 말을 듣고 너는 무척 놀란 것 같았어. 하지만 곧 자기 말이 웃긴 듯이 웃음을 터뜨리며 나에게 말했어.

"여전히 내 별에 있다고 생각했어!"

그럴 수도 있지. 모두 알고 있듯이, 미국에서 정오일 때 프랑스에 서는 해가 지거든. 해가 지는 것을 보려면 프랑스에 바로 가기만 하면 돼. 불행히도 프랑스와 미국은 너무 멀리 떨어져 있어. 하지만 너의 작은 별에서는 의자를 몇 발자국만 뒤로 물리면 되지. 그렇게만 하면 너는 언제든지 네가 원할 때 해 지는 걸 볼 수가 있었던 거야.

"어떤 날에는 해가 지는 것을 마흔네 번이나 본 적도 있어!"

그러고는 잠시 후 이런 말도 했어.

"있잖아… 너무너무 슬플 때는 해 지는 게 보고 싶어져…"

"그럼 네가 해 지는 걸 마흔세 번이나 보았을 때는 무척 슬펐겠구나?"

하지만 어린 왕자는 대답이 없었다.

VII

닷새가 되던 날, 이번에도 양 덕분에 어린 왕자의 비밀 한 가지를 더
알게 되었다. 어린 왕자는 오랫동안 고심한 끝에 말하는 듯, 느닷없
이 나에게 물었다.

"양이 작은 나무들을 먹는다면, 꽃도 먹을까?"

"양은 보이는 거면 무엇이든지 다 먹어버려."

"가시가 있는 꽃도 먹을까?"

"그럼. 가시가 있는 꽃도 먹지."

"그렇다면 대체 가시가 무슨 소용이 있지?"

나는 알지 못했다. 그때 나는 너무 세게 조여진 엔진의 나사를 푸
느라고 애쓰고 있었다. 비행기 고장이 생각보다 아주 심각하다는
사실을 알았기 때문에 크게 걱정하고 있었고, 점점 줄어드는 물을

보며 최악의 순간까지 고려해야 하는 상황이었다.

"가시는 무엇 때문에 있는 거야?"

어린 왕자는 일단 한 번 물은 질문은 결코 포기하는 법이 없었다. 나는 나사 때문에 짜증이 나 있었고, 그래서 아무렇게나 대답했다.

"가시는 말이지, 아무 데도 소용이 없어. 그저 꽃들이 심술을 부리는 것뿐이야."

"아!"

하지만 한동안 말이 없던 어린 왕자는 나를 원망하듯이 쏘아붙였다.

"나는 아저씨의 말 안 믿어! 꽃들은 약해. 순진하고. 그래서 할 수 있는 한 자신을 보호하는 거야. 꽃들은 가시를 가지면 자신이 무시무시해진다고 믿거든…."

나는 아무 대답도 하지 않았다. 그 순간 나는 '이번에도 나사가 빠지지 않으면, 망치로 쳐서 튀어나오게 해야겠군' 하고 생각 중이었다. 어린 왕자가 다시 한번 내 생각을 방해했다.

"아저씨 생각에는 정말, 꽃들이…"

"아니! 아니! 아무 생각도 없어! 난 그냥 아무 말이나 한 거야. 나는 지금 정말 중요한 일을 하고 있다고!"

어린 왕자는 깜짝 놀라 나를 쳐다보았다.

"중요한 일이라고!"

어린 왕자는, 손에는 망치를 들고 손가락에는 새까만 기름을 묻

힌 채로, 자기가 보기에는 괴상하게 생긴 물건에 기대어 있는 나를
바라보았다.

"아저씨도 어른처럼 말하네!"

어린 왕자에 말에 조금 부끄러워졌지만, 어린 왕자는 인정사정없
이 말을 이어갔다.

"아저씨는 모든 것을 혼동하고 있어… 모든 것을 뒤죽박죽으로
만들고 있다고!"

어린 왕자는 정말로 화가 나 있었다. 황금빛 머리카락이 바람에
흩날렸다.

"나는 얼굴이 빨간 사람이 살고 있는 어떤 별을 알고 있어. 그 사
람은 단 한 번도 꽃향기를 맡아본 적이 없지. 별을 바라본 적도 없
어. 누군가를 사랑해본 적도 없고. 계산 말고는 아무 일도 해본 적
이 없어. 그 사람은 하루 종일 아저씨처럼 '나는 중요한 일을 하는
사람이야. 나는 중요한 일을 하는 사람이라고!' 같은 말만 되풀이하
면서 거만함에 가득 차 있어. 하지만 그 사람은 사람이 아니야. 버섯
이라고!"

"뭐라고?"

"버섯이라니까!"

그렇게 말한 어린 왕자는 분노에 얼굴까지 하얗게 질려 있었다.

"수백만 년 전부터 꽃들은 가시들을 만들어왔어. 양들도 수백만
년 전부터 꽃을 먹었고. 그런데도 꽃들이 아무 데도 쓸모없는 가시

를 왜 힘들게 만들어내는지 알려는 게 중요하지 않다는 거야? 양과 꽃들의 싸움이 전혀 중요하지 않다고? 그 얼굴이 벌건 사람이 계산하는 것보다 중요하지도 않고, 심각하지도 않다고? 그래서 내가 알기로 이 세상에서 단 하나뿐인, 다른 그 어느 곳에도 없고 오직 내 별에만 있는 장미 한 송이가 있는데, 어느 날 작은 양 한 마리가 무심코 그 장미를 먹어버려도, 그건 중요하지 않다는 거지!"

어린 왕자는 얼굴이 새빨갛게 달아올라 계속 말을 이었다.

"수백만 개의 별들 중에 단 하나의 별에 존재하는 꽃 한 송이를 사랑하는 사람은 그 별들을 바라보는 것만으로도 행복할 수 있어. 속으로 '내 꽃이 저기 어딘가에 있겠지…' 하고 생각할 거야. 그런데 만약에 양이 꽃을 먹어버린다면 그 사람에게는 갑자기 모든 별빛이 사라져버리는 것과 마찬가지일 거라고. 그런데도 그게 중요하지 않다고 하는 거야?!"

어린 왕자는 더 이상 말을 잇지 못했다. 그러더니 별안간 울음을 터뜨렸다. 이미 저녁이 내려앉은 뒤였다. 나는 손에서 연장을 놓아버렸다. 망치와 나사, 목마름 그리고 죽음이 모두 우스워졌다. 어떤 별, 어떤 행성 위에, 그러니까 내가 있는 이 행성에 달래야 하는 어린 왕자가 있을 뿐이었다! 나는 어린 왕자를 두 팔로 안았다. 그리고 부드럽게 흔들면서 말했다. "네가 사랑하는 꽃은 위험하지 않아. 내가 양에게 씌울 굴레를 그려줄게. 그리고 꽃을 위해 덮개도 만들어줄게… 그리고…." 나는 무슨 말을 해야 할지 몰랐다. 내 자신이 모든 것에 너무 서투른 것 같았다. 어떻게 어린 왕자의 마음을 붙잡을 수 있는지, 어디에서 맞닿을 수 있을지 몰랐다. 눈물의 나라는 이렇게나 신비롭다.

VIII

나는 금방 그 꽃에 대해서 더 많은 것을 알게 되었다. 어린 왕자의 별에는 언제나 한 겹의 꽃잎을 가진 아주 소박한 꽃들이 있었다. 게다가 이 꽃들은 자리도 거의 차지하지 않아서 다른 사람을 귀찮게 하는 법도 없었다. 꽃들은 아침에 풀 속에서 피고, 저녁이 되면 지고는 했다. 그런데 어느 날, 어린 왕자의 그 꽃은 어디인지도 모를 곳에서 날아온 씨앗으로부터 싹을 틔웠다. 그래서 어린 왕자는 다른 싹들과는 전혀 닮지 않은 이 싹을 주의 깊게 관찰했다. 새로운 종류의 바오밥나무일지도 모르기 때문이었다. 하지만 나무는 곧 자라기를 멈추고 꽃을 피울 준비를 했다. 큰 봉오리가 맺히는 것을 지켜보던 어린 왕자는 곧 기적 같은 일이 일어날 것이라고 예감했다. 하지만 꽃은 자신의 초록색 방에서 끊임없이 아름다워질 준비만 할 뿐이었다. 공을 들여 자신의 빛깔을 고르고, 천천히 옷을 입고, 꽃잎 매무새를 하나하나 다듬고 있었다. 꽃은 개양귀비꽃처럼 잔뜩 구겨진 채로 나오고 싶지 않았다. 자신의 아름다움이 최고로 빛을 발할 때 나오고 싶었다. 아! 정말 아주 매력적인 꽃이었다. 그래서 꽃의 신비스러운 몸치장은 며칠이나 계속되었다. 그러던 어느 날, 마침 아침 해가 떠오르는 때에 꽃이 모습을 드러냈다.

그리고 그토록 공을 들여 몸치장하던 꽃은 하품하면서 이렇게 말했다.

"아! 이제 막 잠에서 깼어요… 미안해요… 머리가 또 헝클어졌네요…."

그때 어린 왕자는 감탄을 감출 수가 없었다.

"당신은 정말 아름답군요!"

"그렇죠. 게다가 나는 태양과 같은 때에 태어났어요."

어린 왕자는 꽃이 그다지 겸손하지는 않다는 사실을 알아차렸다. 하지만 꽃은 정말 마음을 뒤흔들어놓았다!

잠시 후 꽃이 말을 이었다. "아침 먹을 시간이 된 것 같은데, 제 식사 좀 준비해줄 수 있나요?"

그래서 어린 왕자는 당황하며 신선한 물이 담긴 물뿌리개를 찾아서 꽃에게 뿌려주었다.

그렇게 꽃은 금세 조금 까탈스러운 허영심으로 어린 왕자를 괴롭히기 시작했다. 예를 들면 어느 날은 자신이 갖고 있는 가시 네 개에 대해 이야기를 하면서 어린 왕자에게 이렇게 말했다.

"호랑이가 발톱을 잔뜩 세우고 와도 문제없어요!"

"내 별에 호랑이는 없어요. 그리고 호랑이는 풀을 먹지 않아요."

어린 왕자가 대꾸했다.

　그러자 꽃이 부드럽게 대답했다.

　"나는 풀이 아니에요."

　"아, 미안해요…."

　"나는 호랑이는 조금도 무섭지 않아요. 하지만 바람은 끔찍이 싫
어요. 혹시 바람막이 갖고 있나요?"

　'바람을 끔찍이 싫어한다… 식물한테는 안 된 일이네.' 어린 왕자

는 생각했다. '이 꽃은 무척 까다롭구나…'

"저녁에는 나에게 둥근 덮개를 씌워주세요. 당신 집은 무척 춥네요. 위치가 안 좋아요. 내가 있던 곳은…"

하지만 꽃은 말을 하다 말고 멈추었다. 꽃은 어린 왕자의 별에 왔을 때 씨앗 상태였기 때문에 다른 세계에 대해서 전혀 알 수가 없었던 것이다. 그토록 어이없는 거짓말을 하려다가 들킨 것에 스스로 수치심을 느낀 꽃은 두세 번 기침을 하면서 어린 왕자에게 잘못을 떠넘기려고 했다.

"바람막이는요?"

"찾으러 가려고 했는데 당신이 자꾸 말을 했잖아요!"

그래서 꽃은 어린 왕자에게 죄책감을 느끼게 하려고 더 크게 기침을 했다.

이렇게 하여, 어린 왕자는 꽃을 사랑함에도 불구하고 오래지 않

아 꽃을 의심하게 되었다. 꽃이 내뱉는 대수롭지 않은 말도 심각하게 받아들이면서 불행해져 갔다.

"꽃의 말을 듣지 말아야 했어." 언젠가 어린 왕자가 나에게 털어놓았다. "꽃의 말은 절대로 귀담아들으면 안 돼. 그냥 바라보고 향기만 맡아야 해. 내 꽃은 내 별을 향기롭게 해주었지만 나는 그것을 즐길 줄 몰랐어. 호랑이 발톱 이야기에 짜증을 낼 것이 아니라 가엾게 여겼어야 했어…."

또 이런 이야기도 털어놓았다.

"그러니까 나는 아무것도 이해할 줄 몰랐던 거야! 꽃의 말이 아닌 행동을 보고 판단했어야 했어. 그 꽃은 내게 꽃향기를 주고, 내 마음을 환하게 해주었어. 내가 도망치지 말았어야 했어! 서툰 거짓말 뒤에 숨겨진 부드러움을 눈치챘어야 했는데. 꽃은 정말 모순 덩어리야! 하지만 난 너무 어려서 꽃을 사랑할 줄 몰랐던 거야."

IX

어린 왕자는 철새들의 이동을 이용해서 자신의 별을 떠난 것 같았다. 출발하는 날 아침, 어린 왕자는 별을 말끔히 청소했다. 불을 뿜는 화산들도 정성껏 청소했다. 어린 왕자의 별에는 두 개의 화산이 있었다. 그래서 손쉽게 따뜻한 아침을 준비할 수 있었다. 불이 꺼진 화산도 하나 있었다. 어린 왕자는 "세상일은 모르는 법이지!" 하고 늘 말하던 대로, 이 불 꺼진 화산도 청소해주었다. 화산들은 청소만 잘 되어 있으면 폭발하지 않고 조용히 규칙적으로 불을 뿜는다. 화산 폭발은 굴뚝에서 나오는 불꽃과 마찬가지인 것이다. 물론 지구의 화산을 청소하기에 우리는 너무 작다. 그래서 우리는 화산 때문에 여러 가지 골치 아픈 일들을 겪는 것이다.

어린 왕자는 조금은 울적해진 마음으로 마지막 남은 바오밥나무

의 싹들을 뽑아냈다. 다시는 돌아오지 못하리라 생각했던 것이다. 그러자 아침에 늘 해오던 익숙한 일들이 그날 아침에는 유난히도 그립게 느껴졌다. 그래서 꽃에게 마지막으로 물을 주고 덮개를 씌워 주려고 할 때, 어린 왕자는 별안간 울고 싶은 심정이었다.

"잘 있어." 어린 왕자가 꽃에게 말했다.

하지만 꽃은 대답이 없었다.

"잘 있어." 어린 왕자가 다시 한번 말했다.

꽃은 기침을 했지만, 감기 때문은 아니었다.

"내가 어리석었어." 마침내 꽃이 어린 왕자에게 말했다. "나를 용서해줘. 그리고 부디 행복하길…"

어린 왕자는 꽃이 자신을 나무라지 않은 데에 놀랐다. 그는 덮개를 손에 든 채로 한동안 멍하니 서 있었다. 꽃이 왜 그렇게 온화하고 부드러워졌는지 이해할 수가 없었다.

"그래, 난 너를 사랑해. 하지만 너는 전혀 몰랐지. 내 잘못이야. 하지만 그건 전혀 중요하지 않아. 너도 나만큼 어리석었어. 부디 행복해야 해… 덮개는 그냥 내버려 둬. 이제는 원하지 않아."

"하지만 바람이 불면…"

"감기가 그렇게 심한 것 같지는 않아. 그리고 저녁의 찬 공기가 몸에 더 좋을 것 같아. 나는 꽃이니까."

"하지만 벌레들이…"

"나비를 만나려면 애벌레 두, 세 마리는 견뎌야겠지. 나비는 정말 아름다워 보여. 나비가 아니면 누가 나를 찾아올까? 너는 멀리 있을 테고. 큰 짐승들은 전혀 무섭지 않아. 내게는 가시가 있으니까."

그러면서 꽃은 천진난만하게 네 개의 가시를 보여주었다. 그리고 다시 말을 이었다.

"그렇게 꾸물대지 마, 신경 쓰이니까. 너는 떠나기로 마음먹었잖아. 그러니까 얼른 가."

꽃은 어린 왕자에게 자신이 우는 모습을 보여주고 싶지 않았던 것이다. 그토록 자존심이 강한 꽃이었다.

X

어린 왕자의 별은 소행성 325호, 326호, 327호, 328호, 329호, 330호와 같은 구역에 있었다. 그래서 어린 왕자는 그곳에서 일도 찾고, 배우기도 할 생각으로 소행성들을 하나씩 방문하기 시작했다.

첫 번째로 방문한 별에는 어떤 왕이 살고 있었다. 왕은 자주색 천과 흰 담비 모피로 만든 옷을 입고 아주 간소하지만 위엄 있는 옥좌에 앉아 있었다.

"아! 저기 신하가 한 명 오는구나!" 왕은 어린 왕자를 보자 이렇게 소리쳤다.

어린 왕자는 생각했다.

'나를 한 번도 본 적이 없는데 어떻게 나를 알지?'

왕에게는 세상이 아주 단순하다는 것을 어린 왕자는 알지 못했던 것이다.

"내가 너를 잘 볼 수 있도록 가까이 오라." 누군가에게 왕 노릇을
하게 된 것이 무척이나 자랑스러워진 왕이 말했다.

어린 왕자는 앉을 만한 곳을 찾으려고 둘러보았지만, 별은 온통 왕이 입고 있는 화려한 담비 모피 옷으로 뒤덮여 있어서 찾을 수가 없었다. 그래서 어린 왕자는 서 있을 수밖에 없었다. 피곤한 어린 왕자가 하품했다.

"왕 앞에서 하품하는 것은 예의에 어긋나는 일이다. 하품을 금하노라."

"하품을 안 할 수가 없어요." 어리둥절해진 어린 왕자가 대답했다. "긴 여행을 한 데다가 잠도 못 잤거든요…"

"그렇다면 네게 하품을 하도록 명하노라. 하품한 사람을 못 본 지도 몇 년이 되었느니라. 하품이 매우 흥미롭구나. 자 어서! 다시 한번 하품을 하여라. 이건 명령이다."

"그렇게 말씀하시니 주눅이 들어서… 더 이상 하품이 안 나와요…" 얼굴이 잔뜩 붉어진 채로 어린 왕자가 말했다.

"어험! 어험! 그렇다면… 짐이 명하노니 어떤 때는 하품을 하기도 하고… 어떤 때는…" 하고 왕이 대답했다.

왕은 뭐라고 중얼거렸는데 화가 난 것처럼 보였다.

왜냐하면 왕은 자신의 권위가 존중되기를 원했기 때문이다. 불복종은 결코 용납할 수 없었다. 그는 절대군주였다. 하지만 왕은 선량한 사람이었기 때문에 이성적인 명령을 내렸다.

"만약에 짐이 한 장군에게 물새로 변하라고 명령을 내렸는데, 장군이 명령을 따르지 않으면, 그건 그 장군의 잘못이 아니다. 짐의 잘못이니라." 왕은 늘 이렇게 말하고는 했다.

"앉아도 될까요?" 어린 왕자가 조심스럽게 물었다.

"짐은 네게 앉으라 명하노라." 왕이 흰 담비 모피로 된 망토를 조금 끌어당기며 대답했다.

하지만 어린 왕자는 정말 놀랐다. 별은 이렇게 작은데 도대체 왕이 무엇을 다스릴 수 있다는 거지?

"폐하… 한 가지 여쭤보아도 될까요."

"짐은 네가 질문할 것을 명하노라." 왕이 서둘러 대답했다.

"폐하는 무엇을 다스리고 계시지요?"

"모든 것을 지배한다." 왕은 아주 단순하게 대답했다.

"모든 것을요?"

왕은 신중한 동작으로 자신의 행성과 다른 행성들 그리고 별들을 가리켰다.

"이 모든 것들을요?"

"이 모든 것들을 다!" 왕이 대답했다.

그는 절대군주일 뿐만 아니라, 전 우주를 다스리는 군주였던 것이다.

"그럼 저 별들이 폐하에게 복종하나요?"

"물론이니라." 왕이 말했다. "즉각 복종하느니라. 짐은 명령 불복종을 용납하지 않는다."

그런 권력에 어린 왕자는 감탄했다. 만약 자신이 그런 권력을 갖고 있다면, 의자를 뒤로 물리지 않고도 하루에 마흔네 번이 아니라 일흔두 번, 아니 백 번, 이백 번이라도 해가 지는 광경을 볼 수 있을 게 아닌가! 그러다가 떠나온 자신의 별이 생각나서 조금 슬퍼진 어린 왕자는 용기를 내어 왕에게 청했다.

"저는 해가 지는 것을 보고 싶어요…. 제 소원을 들어주세요…. 해가 지도록 명해주세요…."

"짐이 어떤 장군에게 나비처럼 이 꽃에서 저 꽃으로 날아가라고 명령을 하거나, 비극 작품을 쓰라고 명령거나, 혹은 물새로 변하도록 명령했는데 그 장군이 그 명령에 복종하지 않으면 그가 잘못한 것이냐, 짐이 잘못한 것이냐?"

"폐하의 잘못이겠죠." 어린 왕자가 단호하게 대답했다.

"그렇다. 각자가 할 수 있는 일을 명해야 하느니라. 권위는 무엇보다도 이치에 맞아야 한다. 네가 만약 너의 백성들에게 바다에 몸을 던지라고 명령한다면 그들은 혁명을 일으킬 것이다. 짐이 복종을 강요할 권한을 갖는 것은 짐이 이치에 맞는 명령을 하기 때문이다."

"그럼 해 지는 것을 보게 해달라는 제 간청은요?" 한 번 한 질문은 절대로 그냥 넘기는 법이 없는 어린 왕자가 다시 물었다.

"너는 해 지는 광경을 보게 될 것이다. 짐이 요구할 것이다. 허나 내 통치 기술에 따라 적당한 조건이 될 때까지 기다릴 것이다."

"그때가 언제일까요?" 어린 왕자가 물었다.

"어험! 어험!" 왕은 커다란 달력을 뒤적이며 말했다.

"어험! 어험! 그때는… 그러니까 그때는 아마도… 오늘 저녁 7시 40분경이 될 것이다! 그때가 되면 너는 짐의 명령이 얼마나 잘 이행되는지 보게 될 것이다."

어린 왕자는 다시 하품을 했다. 지금쯤이면 자신의 별에서 볼 수 있는 해 지는 광경을 놓친 게 섭섭했다. 게다가 어린 왕자는 조금 지겨워졌다.

"여기서는 더 이상 할 일이 없네요. 이제 떠나야겠어요!"

"떠나지 마라." 신하를 한 명 둔 게 크게 자랑스러웠던 왕이 대답했다.

"너를 장관으로 임명하노라."

"무슨 장관이요?"

"음… 법무부 장관으로 임명하노라!"

"하지만 재판받을 사람이 아무도 없는걸요!"

"그건 모를 노릇이다. 나는 아직 내 왕국을 돌아보지 못했다. 짐은 매우 늙었는데 여기에는 마차를 둘 만한 공간도 없다. 그렇다고 걸어 다니는 건 너무 피곤한 일이다."

"아! 제가 이미 다 봤어요!"

몸을 숙여 다시 한번 별의 저쪽을 바라보며 어린 왕자가 말했다. "아무도 없는걸요."

"그럼 너 자신을 심판하거라. 그것이 가장 어려운 일이다. 다른 사람을 심판하는 것보다 자기 자신을 심판하는 게 훨씬 더 어려운 법이다. 네가 너 자신을 훌륭하게 심판할 수 있다면, 그건 네가 진정으로 지혜로운 사람이기 때문이다."

"저는 어디서든지 저 자신을 심판할 수 있어요. 여기에서 살 필요는 없어요."

"어험! 어험! 짐의 별 어딘가에 늙은 쥐 한 마리가 있는 것으로 알고 있다. 밤이면 소리가 들린다. 너는 그 쥐에게 때때로 사형 명령을 내려라. 그렇게 하면 쥐의 목숨은 너의 심판에 달리게 될 것이다. 하지만 너는 매번 특사를 내려 쥐를 사면해줘야 하느니라. 왜냐하면 한 마리밖에 없기 때문이다." 왕이 대답했다.

"저는 사형선고를 내리기 싫어요. 이제는 정말 가봐야겠어요." 어린 왕자가 대답했다.

"가지 마라." 왕이 말했다.

어린 왕자는 떠날 준비를 마쳤지만 늙은 왕을 섭섭하게 하고 싶지는 않았다.

"폐하의 명령이 어김없이 이행되길 바라신다면, 제게 이치에 맞는 명령을 내리시면 돼요. 이를테면 일 분 안에 이 별을 떠나라고 명령하시면 돼요. 좋은 조건이 갖춰진 것 같아요…"

왕은 아무 대답도 하지 않자, 어린 왕자는 머뭇거리다가 한숨을 쉬고는 왕의 별을 떠났다.

"짐이 너를 대사로 임명하노라." 왕이 다급하게 외쳤다.

그는 매우 근엄한 표정을 짓고 있었다.

'어른들은 정말 이상해.' 어린 왕자는 길을 떠나며 속으로 중얼거렸다.

XI

두 번째 별에는 허영심에 빠진 사람이 살고 있었다.

"아! 저기 나를 숭배할 사람이 오는구나!" 허영쟁이는 멀리서 어린 왕자를 보자마자 소리쳤다.

왜냐하면 허영심에 빠진 사람들은 다른 사람들을 모두 자신을 찬미하는 사람으로 보기 때문이다.

"안녕하세요. 참 이상하게 생긴 모자를 쓰고 있네요." 어린 왕자가 말했다.

"이 모자는 답례를 하기 위한 거야. 사람들이 나에게 환호를 보낼 때 답례를 하기 위한 모자지. 하지만 불행히도 이곳을 지나가는 사람이 아무도 없구나." 허영쟁이가 대답했다.

"아 그래요?" 무슨 말인지 이해하지 못한 어린 왕자가 말했다.

"손뼉을 마주대고 쳐 봐." 허영쟁이가 말했다.

어린 왕자가 손뼉을 마주대고 쳤다. 그러자 허영쟁이가 모자를 올리면서 점잖게 답례했다.

'왕의 별보다는 재미있는걸.' 어린 왕자는 속으로 생각했다. 그리고 다시 한번 손뼉을 마주대고 쳤다. 허영쟁이는 다시 모자를 올리면서 답례했다.

오 분쯤 되풀이하고 나니 어린 왕자는 그 재미없는 놀이에 싫증이 났다.

"모자를 떨어뜨리려면 어떻게 하면 되지요?"

어린 왕자가 물었지만 허영쟁이는 듣지 못했다. 허영쟁이는 칭찬만을 듣기 때문이다.

"너는 정말로 나를 찬미하고 있지?" 허영쟁이가 물었다.

"'찬미하다'가 무슨 뜻이에요?"

"'찬미하다'는 내가 이 별에서 가장 잘 생기고, 가장 옷을 멋지게 입고, 가장 부자이고 가장 똑똑하다는 것을 인정하는 거야."

"하지만 이 별에는 아저씨 혼자뿐이잖아요!"

"나를 그렇게 기쁘게 해줘. 나를 찬미해달라고!"

"나는 아저씨를 찬미해요. 하지만 그게 아저씨에게 무슨 소용이 있어요?" 어린 왕자는 어깨를 으쓱하며 말했다.

그리고 어린 왕자는 그 별을 떠났다.

'어른들은 정말 이상한 게 틀림없어.' 어린 왕자는 길을 떠나면서 속으로 중얼거렸다.

XII

그 다음 별에는 술꾼이 살고 있었다. 아주 짧은 방문이었지만, 어린 왕자는 이 방문 때문에 몹시 우울해졌다.

"여기서 뭐 하세요?" 어린 왕자가 술꾼에게 물었다. 술꾼은 빈 술병 무더기와 술이 가득 찬 술병 무더기 가운데 말없이 앉아 있었다.

"술을 마시지." 술꾼이 침울한 표정으로 대답했다.

"왜 술을 마셔요?" 어린 왕자가 물었다.

"잊어버리기 위해서지." 술꾼이 대답했다.

"무엇을 잊어버리기 위해서요?" 벌써 술꾼이 불쌍해진 어린 왕자가 물었다.

"내가 창피하다는 것을 잊어버리려고." 술꾼이 고개를 떨구며 마음을 털어놓았다.

　　"뭐가 창피하다는 거예요?" 술꾼을 돕고 싶은 어린 왕자가
캐물었다.

　　"술 마시는 게 창피해!" 이렇게 말하고 술꾼은 입을 다물어
버렸다.

　　당황스러워진 어린 왕자를 그 별을 떠났다.

　　'어른들은 정말, 정말 이상한 사람들인 게 틀림없어.' 어린
왕자는 길을 떠나면서 속으로 중얼거렸다.

XIII

네 번째 별은 사업가의 별이었다. 그 사업가는 어찌나 바쁜지 어린 왕자가 도착했는데 고개도 들지 않았다.

"안녕하세요. 담뱃불이 꺼졌네요." 어린 왕자가 사업가에게 말했다.

"셋에 둘을 더하면 다섯. 다섯에 일곱을 더하면 열둘. 열둘에 셋을 더하면 열다섯. 안녕. 열다섯에 일곱을 더하면 스물둘. 스물둘에 여섯을 더하면 스물여덟. 담뱃불을 다시 붙일 시간이 없어. 스물여섯에 다섯을 더하면 서른하나. 휴우! 다 합치면 오억 일백육십이만 이천칠백삼십일이군."

"오억 뭐라고요?"

"뭐야? 너 아직도 거기에 있니? 오억일백만… 잊어버렸잖아… 난 할 일이 너무 많아! 난 중요한 일을 하고 있는 사람이고, 쓸데없는

소리나 하고 있을 시간이 없다고! 둘에 다섯을 더하면 일곱이고…."

"오억일백 뭐라고요?" 지금까지 한 번 한 질문이라면 단 한 번도 그냥 넘겨본 적이 없는 어린 왕자가 다시 물었다.

사업가가 고개를 들었다.

"내가 이 별에서 오십사 년 동안 살아온 이래로, 내 일을 방해받은 적은 딱 세 번 있었어. 첫 번째는 22년 전 어딘가에서 날아온 풍

뎅이 한 마리 때문이었는데, 그놈이 엄청나게 시끄러운 소리를 내는 바람에 똑같은 계산에서 네 번이나 실수했지. 두 번째는 11년 전이었는데 갑작스러운 신경통 때문이었어. 운동이 부족했던 게야. 하지만 나는 어슬렁거릴 시간이 없다고. 나는 중요한 일을 하는 사람이야. 세 번째는… 바로 지금이야! 가만있자, 내가 뭐라고 했지, 오억…."

"뭐가 일백만이라는 거예요?"

사업가는 조용히 일하기는 글렀다는 것을 깨달았다.

"우리가 가끔 하늘에서 보는 수백만 개의 작은 것들 말이다."

"파리 말인가요?"

"아니, 반짝거리는 작은 것들 말이야."

"꿀벌이요?"

"천만에. 게으름뱅이들을 멍청하게 공상에 빠지게 만드는 것들 말이야. 하지만 나는 중요한 일을 하는 사람이라서 공상에 빠질 시간이 없어."

"아, 별들이요?"

"그래, 바로 그거야. 별들."

"그럼 아저씨는 오억 개의 별들로 무얼 하는데요?"

"오억 일백육십이만 이천칠백삼십일 개야. 나는 중요한 일을 하는 사람이라서 정확하거든."

"그래서 아저씨는 그 별들로 무얼 하는데요?"

"내가 뭘 하냐고?"

"네."

"아무것도 안 해. 그냥 소유하는 거지."

"아저씨가 별들을 소유한다고요?"

"그래."

"하지만 내가 이전에 만난 왕은 이미…"

"왕은 별을 '소유'하지 않아. '다스리는 거'지. 둘은 아주 다르다고."

"그럼 아저씨가 별을 소유하는 게 무슨 소용이 있지요?"

"부자가 되게 해주지."

"그럼 부자라는 것은 무슨 소용이 있는데요?"

"다른 별을 찾으면 그 별을 살 수 있지."

'이 사람도 술꾼과 같은 논리로 말하고 있네.' 하고 어린 왕자는 속으로 중얼거렸다.

하지만 어린 왕자는 또 질문을 했다.

"어떻게 하면 별을 소유할 수 있어요?"

"별들이 누구의 것이지?" 사업가는 얼굴이 구겨진 채로 퉁명스럽게 되물었다.

"모르겠어요. 그 어느 누구의 별도 아니에요."

"그러니까 내 것이라는 말이야. 그것들을 소유할 생각을 가장 처음 한 사람이 나니까."

"그걸로 괜찮나요?"

"물론이지. 만약 네가 그 어느 누구의 소유도 아닌 다이아몬드를 발견한다면, 그 다이아몬드는 너의 것이야. 만약 네가 아무도 살지 않는 섬을 발견하면, 그 섬도 너의 것이야. 만약 네가 어떤 생각을 최초로 하게 되면, 너는 그것에 대한 특허를 내야만 해. 그럼 그 생각은 너의 것이 돼. 따라서 별들은 내 소유야. 왜냐하면 나보다 먼저 별을 소유할 생각을 한 사람이 아무도 없기 때문이야."

"그건 맞아요. 그럼 아저씨는 별들을 가지고 뭘 하나요?" 어린 왕자가 물었다.

"나는 그것들을 관리해. 별들을 세고, 또 세지. 어려운 일이야. 하지만 나는 중요한 일을 하는 사람이거든!"

어린 왕자는 아직 만족스러운 대답을 듣지 못했다.

"나는 말이에요, 목도리 하나가 있는데, 항상 목에 두르거나 가지고 다닐 수 있어요. 꽃도 한 송이 있는데 꽃을 꺾거나 가지고 다닐 수 있어요. 하지만 아저씨는 별을 딸 수는 없잖아요!"

"꺾을 수는 없지만, 은행에 맡겨둘 수 있지."

"무슨 말이에요?"

"무슨 말이냐면, 작은 종이에 별들의 수를 적고, 그 종이를 서랍에 넣고 열쇠로 잠근다는 뜻이야."

"그게 다예요?"

"그럼! 끝이지!"

'재미있네. 꽤 시적이잖아. 하지만 그건 그다지 중요한 일이 아니야.' 어린 왕자는 생각했다.

어린 왕자는 중요한 일에 대해서 어른들과는 매우 다른 생각을 가지고 있었다.

"나는 꽃 한 송이를 갖고 있는데 매일 물을 줘요. 화산도 세 개 있는데 매일 청소해줘요. 왜냐하면 꺼진 화산도 청소해주거든요. 앞으로 어떻게 될지 아무도 모르는 일이니까요. 내가 꽃이나 화산을 소유하고 있다는 것은 그들에게 유익해요. 하지만 아저씨는 별들에게 유익하지 않잖아요…."

사업가는 입을 열었지만, 대답할 만한 말을 찾지 못했다.

'어른들은 정말, 정말 특이해.' 어린 왕자는 길을 떠나면서 속으로 중얼거렸다.

XIV

다섯 번째 별은 무척 흥미로운 별이었다. 지금까지 가보았던 별 중에 가장 작은 별이었다. 그 별에는 가로등 하나와 가로등을 켜고 끄는 한 사람만이 들어갈 수 있는 자리만 있었다. 어린 왕자는 집도 없고, 사람도 살지 않는 이 행성에서 가로등과 가로등을 켜는 사람이 무슨 소용인지 이해할 수 없었다.

어린 왕자는 속으로 생각했다. '분명히 이 사람도 이상한 사람일 거야. 하지만 왕이나 허영쟁이, 사업가보다는 덜 어리석은 사람이지. 적어도 이 사람이 하는 일은 어떤 의미가 있으니까. 그 사람이 가로등을 켜면 별 하나를 반짝이게 하거나 꽃 한 송이를 피우는 것과 같을 거야. 그가 가로등을 끄면, 그건 별이나 꽃을 잠들게 하는 것과 마찬가지야. 참 아름다운 일이야. 아름답기 때문에 정말 유익한

일이고.'

어린 왕자가 별에 다다랐을 때, 어린 왕자는 가로등을 켜는 사람에게 공손하게 인사했다.

"안녕하세요, 왜 방금 가로등을 껐어요?"

"명령이니까. 안녕."

"명령이 뭔데요?"

"가로등을 끄는 거지. 잘 자!"

그러고는 그는 다시 가로등을 켰다.

"아니 왜 또 불을 켰나요?"

"명령이니까." 그가 대답했다.

"무슨 소리인지 모르겠어요." 어린 왕자가 대답했다.

"이해하려고 할 것은 없어. 명령은 명령이니까. 잘 잤니."

그러고는 다시 가로등을 껐다.

그러고 나서 그는 붉은 바둑판무늬 손수건으로 이마의 땀을 닦았다.

"내가 하는 일은 참 고달픈 일이야. 예전에는 그다지 힘들지 않았어. 아침에 불을 끄고, 저녁에 다시 켜면 됐지. 나머지 낮 시간에는 쉬고, 저녁 시간에는 잠을 잘 수 있었으니까."

"그럼, 그 후로 명령이 바뀌었나요?"

"아니, 명령은 바뀌지 않았어. 바로 그게 문제야! 해마다 이 별은 점점 더 빨리 돌고 있는데, 명령은 바뀌지 않았으니까!"

"그래서요?" 어린 왕자가 물었다.

"그래서 일 분에 한 바퀴씩 도느라고 일 초도 쉴 수가 없어. 일 분마다 불을 켜고, 끈다고!"

"그것참 재밌네요! 이 별에서는 하루가 일 분밖에 되지 않잖아요!"

"전혀 재미있지 않아. 우리가 이야기를 시작한 지 벌써 한 달이 되었어."

"한 달이라고요?"

"그래. 30분이 지났거든. 그럼 30일이야! 잘 자."

그는 다시 가로등을 켰다.

어린 왕자는 불 켜는 사람을 쳐다보았다. 그토록 명령을 충실히 따르는 불 켜는 사람이 좋아졌다. 어린 왕자 자신도 의자를 당겨 앉으면서 해 지는 것을 보려고 했던 기억이 떠올랐다. 그는 이 친구를 도와주고 싶었다.

"저기요… 아저씨가 쉬고 싶을 때 쉴 수 있는 방법을 하나 알고 있어요…."

"나야 항상 쉬고 싶지."

왜냐하면 누구든지 명령에 충실하면서도 동시에 게으름을 피울 수 있기 때문이다.

어린 왕자가 말을 이었다.

"아저씨의 별은 아주 작아서 세 걸음이면 한 바퀴를 돌 수 있어요. 그러니까 아저씨는 조금만 천천히 걷기만 하면 항상 해를 볼 수 있어요. 쉬고 싶어지면 그때 걸으면 돼요… 그럼 해는 아저씨가 원하는 만큼 길어질 거예요."

"그건 나에게 별로 도움이 되지 못하겠는데. 내가 살면서 좋아하는 것은 바로 잠을 자는 거야." 불 켜는 사람이 말했다.

"그거 유감이네요." 어린 왕자가 말했다.

"그거 유감이야. 잘 잤니!" 그리고는 그는 가로등을 다시 껐다.

'이 사람은 왕이나 허영쟁이, 술꾼, 사업가와 같은 다른 모든 사람들에게 무시당하겠지. 하지만 나에게 우스꽝스럽게 보이지 않는 사람은 저 사람뿐이야. 그건 아마도 이 사람이 자기 자신이 아닌 다른 일에 전념하기 때문일 거야.' 더 멀리 여행을 떠나면서 어린 왕자는 생각했다.

어린 왕자는 섭섭한 한숨을 쉬면서 이런 생각도 했다.

'이 사람이야말로 친구가 될 수 있는 유일한 사람인데. 하지만 저 사람의 별은 정말 너무나 작아. 나까지 있을 자리는 없어…'

어린 왕자가 스스로에게도 털어놓지 못한 사실이 있는데, 그건 바로 어린 왕자가 이 축복받은 별을 떠나기 아쉬워한 것은 스물네 시간 동안 천사백사십 번이나 해가 지는 것을 볼 수 있기 때문이었다.

XV

여섯 번째 별은 열 배나 더 큰 별이었다. 이 별에는 거대한 책을 쓰는 한 나이 든 신사가 살고 있었다.

"어라! 탐험가 한 명이 오는군!" 어린 왕자를 알아차린 신사가 소리쳤다.

어린 왕자는 책상 위에 앉아 조금 가쁜 숨을 몰아쉬었다. 벌써 얼마나 긴 여행을 했는지!

"너는 어디에서 왔니?" 나이 든 신사가 물었다.

"이 큰 책은 뭐예요? 이것으로 무얼 하지요?" 어린 왕자가 물었다.

"나는 지리학자란다." 나이 든 신사가 대답했다.

"지리학자가 뭔데요?"

"지리학자란 바다가 어디에 있는지, 강이나 도시, 산, 사막이 어디

에 있는지 아는 학자지."

"그것참 재미있는데요. 그거야말로 진짜 직업이잖아요!" 이렇게 말한 어린 왕자는 지리학자의 별을 눈으로 둘러보았다. 그는 그토록 멋진 별은 한 번도 본 적이 없었다.

"할아버지의 별은 정말 멋있어요. 태양도 있나요?"

"그건 알 수 없단다." 지리학자가 말했다.

"아! (어린 왕자는 실망했다) 그럼 산은요?"

"그건 알 수 없어."

"그럼 도시와 강, 사막은요?"

"그것도 알 수 없어." 지리학자는 똑같이 대답했다.

"하지만 할아버지는 지리학자잖아요!"

"그럼 틀림없지. 하지만 난 탐험가는 아니야. 나는 탐험가가 절대적으로 필요해. 도시와 강, 산, 바다, 대양, 사막의 수를 세는 것은 지리학자가 할 일이 아니야. 지리학자는 정말 중요한 사람이라서 한가롭게 돌아다닐 시간이 없거든. 지리학자는 자신의 사무실을 떠나지 않아. 대신 사무실에서 탐험가들을 만나지. 탐험가들에게 질문하고 그들이 기억하는 것을 기록하는 거야. 그리고 탐험가들의 기억 중에 흥미로운 게 있으면 지리학자는 그 탐험가의 품행을 조사하라고 시키지."

"왜요?"

"어떤 탐험가가 거짓말을 하면 지리학자의 책에 큰 재앙이 닥치기 때문이야. 술을 너무 많이 마시는 탐험가도 마찬가지지."

"왜 그렇죠?" 어린 왕자가 물었다.

"잔뜩 취한 사람에게는 모든 것이 두 개로 보이거든. 그렇게 되면 산이 하나밖에 없는데도 지리학자는 두 개가 있다고 기록하게 되지."

"내가 아는 어떤 사람도 나쁜 탐험가인 것 같아요."

"그럴 수도 있지. 탐험가의 품행이 좋은 것 같으면, 그가 발견한 것을 조사하지."

"가서 보나요?"

"아니, 그건 너무 번거로워. 대신 탐험가에게 증거를 제시하라고 요구하지. 만약 탐험가가 거대한 산을 발견한 거라면, 큰 돌을 가져오라고 하는 거야."

지리학자가 갑자기 흥분하여 말했다.

"그러고 보니, 너도 멀리서 왔잖아! 너는 탐험가야! 나에게 네가 살았던 별을 좀 설명해줘!"

그러고는 지리학자는 기록장을 펼치면서 연필을 깎았다. 탐험가가 말하는 것을 일단 연필로 적고, 탐험가가 증거를 가져오면 잉크로 다시 적는 것이었다.

"그래, 네가 살았던 별은 어떤 별이지?" 지리학자가 물었다.

"아, 내 별에는 그다지 흥미로운 게 없어요. 아주 작거든요. 화산세 개가 있어요. 두 개는 활화산이고, 한 개는 사화산이에요. 하지만 언제 어떻게 될지 모르는 일이잖아요."

"언제 어떻게 될지 모르는 일이지." 지리학자가 말했다.

"꽃도 한 송이 갖고 있어요."

"우리는 꽃은 기록하지 않아." 지리학자가 말했다.

"아니 왜요! 꽃이 얼마나 예쁜데요!"

"왜냐하면 꽃은 덧없는 거니까."

"'덧없다'는 게 무슨 뜻이에요?"

"지리책은 모든 책 중에서 가장 귀중한 책이야. 유행을 따르는 법이 없지. 산이 위치를 바꾸는 일은 거의 일어나지 않거든. 또 대양에 물이 마르는 일도 아주 드물단다. 이렇게 우리 지리학자들은 변하지 않는 것들을 기록해."

"하지만 사화산은 언젠가 다시 깨어날 수 있어요." 어린 왕자가 지리학자의 말을 막았다.

"'덧없다'라는 게 무슨 뜻이에요?"

"화산이 꺼져 있던 살아 있던, 우리에게는 마찬가지야. 중요한 건 산이지. 산은 변하지 않거든."

"그러니까 '덧없다'라는 게 무슨 뜻이냐고요?" 살아오면서 한 번 던진 질문은 단 한 번도 그냥 넘어간 적이 없는 어린 왕자가 다시 물었다.

"그건 '곧 사라질 위험에 처해 있다'라는 뜻이야."

"내 꽃이 곧 사라질 위험에 처해 있나요?"

"물론이지."

'내 꽃은 '덧없는' 것이야. 그리고 세상과 맞서기 위해서 갖고 있는 것이라고는 네 개의 가시뿐이야! 그런데 나는 내 별에 꽃을 혼자 버려두고 왔어!'라고 어린 왕자는 혼자 생각했다.

그때 처음으로 후회하기 시작했다. 하지만 다시 용기를 되찾았다.

"내가 어디로 가면 좋을까요?" 어린 왕자가 물었다.

"지구라는 별로 가 봐. 평판이 아주 좋은 별이거든…" 지리학자가 대답했다.

어린 왕자는 자신의 꽃을 생각하며 그 별을 떠났다.

XVI

일곱 번째 별은 그리하여 지구였다.

지구는 그저 그런 흔한 별이 아니다! 지구에는 백열한 명의 왕(물론 흑인 왕도 포함해서), 칠천 명의 지리학자, 구십만 명의 사업가, 칠백오십만 명의 술꾼, 삼억 천백만 명의 허영쟁이, 그러니까 대략 이십억 명의 어른들이 살고 있다.

전기가 발명되기 전에는 여섯 개 대륙을 통틀어 사십육만 이천오백십일 명이나 되는 가로등을 켜는 부대가 필요했다고 하면 지구가 얼마나 큰 별인지 짐작할 수 있을 것이다.

조금 떨어져서 이들이 일하는 것을 보면, 정말 장관이었다. 이 부대의 움직임은 오페라 발레단의 움직임과 비슷할 정도로 질서정연했다. 맨 처음 가로등을 켜는 사람은 뉴질랜드와 오스트레일리아의 불 켜는 사람들이다. 그들이 가로등을 켜놓고 잠을 자러 가면, 중국과 시베리아의 가로등 켜는 사람이 춤추며 등장한다. 그들 역시 무대 뒤로 몸을 감추면, 이제는 러시아와 인도의 가로등 켜는 사람들이 무대에 오른다. 그다음에는 남아메리카, 북아메리카가 순서대로 등장한다. 그들이 자신의 차례를 놓치는 법은 없었다. 정말 장엄한 광경이었다.

단 하나밖에 없는 가로등을 켜고 끄는 북극의 가로등 켜는 사람과 남극의 가로등 켜는 사람만이 태평스러운 생활을 하고 있었다. 그들은 일 년에 딱 두 번만 일을 하면 되기 때문이다.

XVII

센스 있게 말하려고 하다 보면 약간의 거짓말을 하게 될 때가 있다. 나는 가로등 켜는 사람들에 대해 이야기할 때 아주 솔직하지는 않았다. 지구를 알지 못하는 이들에게 잘못된 생각을 주었을 수도 있다. 인간이 지구에서 차지하는 공간은 아주 작다. 만약 지구에 사는 이십억 명의 사람들이 어떤 모임이라도 하듯 바짝 붙어선다면, 기껏해야 가로세로 이십 마일 되는 광장을 채울 수 있을 것이다. 어쩌면 인류 전체를 태평양의 한 작은 섬에 몰아넣을 수도 있을 것이다.

물론 어른들은 이 말을 믿지 않을 것이다. 그들은 자신들이 굉장히 넓은 면적을 차지하고 있다고 생각한다. 자신들이 바오밥나무처럼 중요하다고 믿는다. 그러니, 그들이 당신에게 계산 좀 해보라고 할지도 모른다. 어른들은 숫자를 정말 좋아하니까. 계산하는 일을

좋아할 것이다. 하지만 그런 쓸데없는 데에 시간을 낭비하지 말자. 그건 정말 쓸데없는 일이다. 내 말을 믿어도 좋다.

지구에 도착한 어린 왕자는, 아무도 없는 것을 알아차리고 무척 이상하다고 생각했다. 그래서 별을 잘못 찾은 건 아닌지 걱정이 되었다. 그때, 달과 같은 빛깔의 고리 같이 생긴 무언가가 모래 속에서 꿈틀대는 것이 보였다

"안녕." 어린 왕자는 무작정 말을 했다.

"안녕." 뱀이 말했다.

"내가 어느 별에 도착한 거야?" 어린 왕자가 물었다.

"지구의 아프리카라는 곳이지." 뱀이 대답했다.

"아! 그래… 그런데 지구에는 아무도 없어?"

"여기는 사막이야. 사막에는 아무도 살지 않지. 지구는 아주 크단다." 뱀이 말했다.

어린 왕자는 돌 위에 앉아서 고개를 들어 하늘을 바라보았다.

"누구든 언제든지 다시 자기 별을 찾아낼 수 있도록 별들이 반짝거리는 게 아닐까 하는 생각이 들어. 내 별을 한 번 봐. 우리 바로 위에 떠 있어. 하지만 너무 멀리 있어!"

"아름다운 별이구나. 그런데 지구에는 뭘 하려고 왔니?" 뱀이 물었다.

"내 별에 있는 어떤 꽃이랑 문제가 있었어." 어린 왕자가 대답했다.

"아! 그렇구나." 뱀이 말했다.

그러고는 둘은 한동안 말이 없었다.

"사람들은 어디에 있어?" 마침내 다시 입을 연 쪽은 어린 왕자였다. "사막은 좀 외로운 곳이구나…."

"사람들 사이에 있어도 외로운 건 마찬가지야." 뱀이 말했다.

어린 왕자는 뱀을 한참 바라봤다.

"넌 아주 재미있게 생긴 짐승이구나. 손가락처럼 가늘고…." 어린 왕자가 결국 입을 열었다.

"하지만 나는 왕의 손가락보다 더 힘이 세다고." 뱀이 말했다.

어린 왕자가 미소 지으며 말했다.

"그렇게 힘이 세지는 않을 것 같은데… 발도 없고… 너는 여행도 못 하잖아…."

"나는 너를 배보다 더 멀리 데려다줄 수 있어." 뱀이 말했다.

뱀은 마치 금발찌처럼 어린 왕자의 발목을 감았다.

"내가 손대는 것은 무엇이든 자기가 있던 곳으로 되돌아가게 돼. 하지만 너는 순수하고 별에서 왔으니까…."

어린 왕자는 아무 대답도 하지 않았다.

"네가 측은해 보이네. 너처럼 연약한 아이가 돌멩이투성이의 지구에 있으니. 언젠가 네가 살던 별이 너무나도 그리워지면, 내가 너를 도와줄게. 난 할 수 있어…."

"응! 잘 알았어. 그런데 왜 너는 항상 수수께끼 같은 말만 하니?"

"나는 모든 수수께끼를 다 풀 수 있어." 뱀이 말했다.

그러고 나서 둘은 다시 말이 없어졌다.

XVIII

어린 왕자는 사막을 가로질러 갔지만, 만난 것은 한 송이 꽃뿐이었다.

"안녕." 어린 왕자가 인사했다.

"안녕." 꽃이 대답했다.

"사람들은 어디에 있어?" 어린 왕자가 공손하게 물었다.

꽃은 언젠가 상인 무리가 지나가는 것을 본 적이 있다.

"사람들? 있기는 있어. 여섯 일곱 명쯤. 몇 년 전에 본 적이 있는데, 지금은 어디에서 찾을 수 있는지 모르겠어. 바람에 따라 돌아다니거든. 뿌리가 없는 사람들이야. 그래서 곤란한 일을 많이 겪어."

"잘 있어." 어린 왕자가 말했다.

"잘 가."

XIX

어린 왕자는 어떤 높은 산으로 올라갔다. 어린 왕자가 알고 있는 산은 고작 자신의 무릎까지 오는 세 개의 화산뿐이었다. 불이 꺼진 화산을 의자 삼아 앉기도 했었다. '이렇게 높은 산이라면 이 별 전체와 사람들을 모두 한눈에 볼 수 있을 거야…' 하지만 보이는 것이라고는 바늘처럼 뾰족한 바위산뿐이었다.

"안녕." 어린 왕자가 혹시나 싶어 말을 해보았다.

"안녕… 안녕… 안녕." 메아리가 대답했다.

"너희들은 누구니?" 어린 왕자가 다시 말했다.

"너희들은 누구… 너희들은 누구… 너희들은 누구." 메아리가 대답했다.

"내 친구가 되어줘, 나는 외로워." 어린 왕자가 말했다.

"나는 외로워… 나는 외로워… 나는 외로워…" 메아리가 대답했다.

'이 별 참 이상하네!' 어린 왕자는 생각했다. '온통 메마르고, 뾰족뾰족하고, 소금뿐이야. 게다가 사람들은 상상력도 부족해. 내가 한 말만 되풀이하잖아. 내가 살던 별에는 꽃 한 송이가 있었지. 그 꽃은 언제나 나에게 먼저 말을 걸었는데…'

XX

한참 동안 모래와 바위 눈 위를 걷던 어린 왕자는 마침내 길을 하나 발견했다. 어떤 길이든 사람들이 있는 곳으로 나 있기 마련이다.

"안녕." 어린 왕자가 인사했다.

어린 왕자가 찾은 것은 장미꽃이 잔뜩 핀 정원이었다.

"안녕." 장미꽃들도 인사했다.

어린 왕자는 꽃들을 바라보았다. 모든 꽃들이 별에 두고 온 자신의 꽃을 닮았었다.

"너희들은 누구니?" 깜짝 놀란 어린 왕자가 물었다.

"우리는 장미야." 장미들이 대답했다.

"뭐라고!"

어린 왕자는 자신이 너무나 불행해진 것 같았다. 그의 꽃은 자기

와 같은 종류의 꽃은 이 세상에 없다고 말했었다. 그런데 같은 꽃이 천 송이나, 그것도 한 정원에 있다니!

'꽃이 이 광경을 보면 분명 몹시 화낼 거야. 자신이 우스꽝스러워지는 상황을 피하려고 심하게 기침하거나 죽는 척까지 할지도 몰라. 그럼 나는 꽃을 돌봐주는 척을 해야 할 거야. 그러지 않으면 내게 무안을 주려고 정말로 죽어버릴지도 모르니까…' 어린 왕자는 생각했다.

'나는 내가 세상에서 유일한 꽃을 갖고 있는 부자라고 믿었어. 그런데 그 꽃은 그저 평범한 장미꽃이었어. 그 꽃 그리고 내 무릎까지 오는 세 개의 화산, 게다가 하나는 완전히 꺼졌지, 이것들로는 대단한 왕자가 될 수 없어…' 이렇게 생각한 어린 왕자는 풀밭에 엎드려 눈물을 흘렸다.

XXI

바로 그때 여우가 나타났다.

　"안녕." 여우가 말했다.

　"안녕." 어린 왕자가 공손하게 대답했다. 어린 왕자는 고개를 돌렸
지만 아무것도 보이지 않았다.

"나 여기 있어, 사과나무 아래야." 목소리가 들렸다.

"너는 누구니? 참 예쁘구나…." 어린 왕자가 말했다.

"난 여우야." 여우가 말했다.

"와서 나랑 놀자." 어린 왕자가 여우에게 말했다. "내가 지금 너무 슬프거든…."

"나는 너와 놀 수 없어. 난 길들여지지 않았거든." 여우가 말했다.

"아! 미안해." 어린 왕자가 말했다.

하지만 잠시 생각하던 어린 왕자가 물었다.

"'길들인다'는 게 무슨 뜻이야?"

"너는 여기 사람이 아니구나. 너는 뭘 찾고 있니?" 여우가 말했다.

"사람을 찾고 있어." 어린 왕자가 말했다. "'길들인다'는 게 무슨 뜻이야?"

"사람들은 총을 갖고 있고 사냥을 해. 정말 성가시다고! 사람들은 닭도 길러. 그들의 유일한 흥밋거리지. 혹시 닭을 찾고 있니?"

"아니, 나는 친구를 찾고 있어. 그런데 '길들인다'는 게 무슨 뜻이야?"

"그건 사람들이 너무 잊고 있는 것이기는 한데, '관계를 맺는다'는 뜻이야."

"관계를 맺는다고?"

"물론이지. 너는 아직 나에게 다른 수만 명의 아이들과 똑같은 작은 아이일 뿐이야. 나는 네가 필요하지 않고, 너도 내가 필요하지 않지. 나도 너에게는 다른 수만 마리의 여우들과 똑같은 한 마리의 여우에 지나지 않아. 하지만 네가 나를 길들이면 우리는 서로를 필요로 하게 돼. 너는 나에게 단 하나뿐인 존재가 될 거고, 나는 너에게 이 세상에서 단 하나뿐인 존재가 되는 거야…"

"이제 좀 알 것 같아… 나에게는 꽃 한 송이가 있는데, 그 꽃이 나를 길들인 것 같아…"

"가능한 일이지. 지구에는 온갖 일들이 일어나니까."

"아! 그건 지구에서 있었던 일이 아니야." 어린 왕자가 말했다.

여우는 몹시 궁금해하는 듯했다.

"그럼 다른 별에서 있었던 일이야?"

"응."

"그 별에 사냥꾼도 있니?"

"아니."

"그거 좋은데! 그럼 닭은?"

"없어."

"역시 완벽한 건 없어." 여우가 한숨을 쉬며 말했다.

하지만 여우는 곧 하던 이야기로 돌아왔다.

"내 생활은 단조로워. 나는 닭을 사냥하고, 사람들은 나를 사냥하지. 모든 닭들은 비슷하게 생겼고, 모든 사람들도 비슷하게 생겼어. 그래서 난 조금 지루해. 하지만 네가 나를 길들인다면 내 생활은 햇빛을 받는 것처럼 환해질 거야. 나는 다른 모든 사람들의 발소리와 다른 네 발소리를 구별하게 되겠지. 다른 사람들의 발소리는 나를 다시 굴속으로 들어가게 할 거야. 하지만 네 발소리는 음악처럼 나를 굴 밖으로 불러낼 거야. 그리고 저기를 한 번 봐! 저기, 밀밭이 보이지? 나는 빵을 먹지 않아. 그래서 밀은 나에게 아무 쓸모가 없어. 밀밭을 보아도 머리에 아무것도 떠오르는 것이 없지. 정말 슬픈 일이야! 하지만 네 머리칼이 황금빛이잖아. 그래서 네가 나를 길들인다면 멋질 거야! 황금빛 밀밭을 보면 네가 생각날 테니까. 그리고 밀밭에서 부는 바람도 좋아하게 될 거야…"

여우는 이렇게 말하고는 입을 다물었다. 그리고 오랫동안 어린 왕자를 바라보았다.

"부탁인데… 나를 길들여줘!" 여우가 말했다.

"나도 그러고 싶어. 하지만 나에게는 시간이 많지 않아. 친구도 찾아야 하고, 알아야 할 것도 많거든."

"우리는 오직 우리가 길들인 것만 알 수 있어." 여우가 말했다. "이제 사람들에게는 더 이상 무언가를 알기 위한 시간이 없어. 사람들은 상점에서 다 만들어진 것을 사거든. 그런데 친구를 파는 상점은 없으니까 사람들은 친구가 없어. 너도 친구를 만들고 싶다면 나를 길들여줘!"

"어떻게 해야 하는데?" 어린 왕자가 물었다.

"인내심이 아주 많아야 해." 여우가 대답했다. "우선 내게서 조금 떨어져서 저기 풀밭에 앉아 있어. 나는 너를 곁눈으로 바라볼 거야. 너는 나한테 아무 말도 하면 안 돼. 말은 오해를 불러일으키거든. 하지만 너는 하루하루 나에게 조금씩 더 가까이 와서 앉을 수 있어…."

다음 날 어린 왕자가 다시 왔다.

"매일 같은 시간에 오는 게 좋겠어." 여우가 말했다. "네가 만약 오후 네 시에 온다면, 나는 세 시부터 행복할 거야. 그리고 시간이 갈수록 더 행복해지겠지. 네 시가 되면 흥분으로 안절부절못할 거야. 그래서 행복이 얼마나 값진 것인지 알게 되겠지! 하지만 네가 아무 때나 오면, 난 언제 마음의 준비를 해야 할지 모를 거야…. 그래서 의식이 필요한 거야."

"의식이 뭔데?" 어린 왕자가 물었다.

"그것도 역시 사람들이 너무 잊고 있는 것인데, 그건 어떤 날을 다른 날들과 다르게 만들기도 하고, 어떤 시간을 다른 시간들과 다르게 만들기도 해. 예를 들어 사냥꾼들에게 의식이 하나 있는데, 그들은 매주 목요일마다 마을의 처녀들과 춤을 춰. 그래서 목요일은 나에게 아주 멋진 날이지! 목요일에는 포도밭까지 산책하러 가. 하지만 사냥꾼들이 아무 때나 춤을 추면 모든 날은 똑같아질 거고, 나는 하루도 마음 편히 쉴 수 없게 될 거야."

이렇게 어린 왕자는 여우를 길들였다. 그러다가 헤어질 시간이 다가왔다.

"아! 나 울 것 같아." 여우가 말했다.

"그건 네 잘못이야. 난 너를 마음 아프게 하고 싶지 않았어. 하지만 네가 내게 길들여지기를 원했잖아…."

"그래 맞아." 여우가 말했다.

"하지만 너 울려고 하잖아!" 어린 왕자가 말했다.

"그래 맞아."

"그럼 너는 얻은 것이 아무것도 없는 거잖아!"

"아니, 얻은 게 있어. 밀밭의 황금빛이 있잖아."

여우가 말을 이었다.

"다시 가서 장미꽃들을 봐봐. 네 장미꽃이 이 세상에서 유일한 장미꽃이라는 걸 알 수 있을 거야. 그리고 작별 인사를 하러 내게 다시 와줘. 그럼 너에게 선물로 비밀 하나를 가르쳐줄게."

어린 왕자는 얼른 장미꽃들을 다시 보러 갔다.

"너희들은 내 장미꽃과 전혀 닮지 않았어. 너희들은 아직 나에게 아무 존재도 아니야. 아무도 너희들을 길들이지 않았고 너희들도 아무도 길들이지 않았어. 너희들은 예전의 내 여우와 같아. 수만 마리의 다른 여우들과 비슷한 여우였지. 하지만 그 여우는 친구가 됐고, 이제 나에게는 이 세상에서 단 하나밖에 없는 여우가 됐어."

장미꽃들은 몹시 마음이 상했다.

"너희들은 아름답지만 아무런 의미가 없어." 어린 왕자가 말을 이었다. "아무도 너희들을 위해서 죽을 수는 없을 테니까. 물론 내 장미꽃도, 길을 지나가는 행인에게는 너희와 비슷한 장미꽃으로 보일 거야. 하지만 내게는 그 꽃만이 너희 모두보다 더 중요해. 왜냐하면 내가 그 장미꽃에 물을 주었기 때문이야. 내가 둥근 덮개를 씌워준 것도, 내가 바람막이로 보호해준 것도 그 꽃이기 때문이야. 그리고 그 꽃을 위해 내가 벌레도 잡아주었거든(나비가 되라고 남겨둔 두, 세 마리만 빼고). 내가 불평하는 말이나 늘어놓는 자랑을 들어주고 가끔은 그저 입을 다물어준 건 오직 그 장미꽃뿐이야. 왜냐하면 내 장미꽃이니까."

그러고는 어린 왕자는 여우에게 돌아갔다.

"잘 있어." 어린 왕자가 말했다.

"잘 가." 여우가 말했다. "내 비밀을 알려줄게. 아주 간단해. 오직 마음으로 보아야 잘 보인다는 거야. 가장 중요한 것은 눈에 보이지 않아."

"가장 중요한 것은 눈에 보이지 않아." 어린 왕자는 잘 기억해두기 위해서 되뇌었다.

"너의 장미를 그토록 소중하게 만든 것은 그 장미꽃을 위해 네가 보낸 시간 때문이야."

"내 장미꽃을 위해 내가 보낸 시간 때문이야…" 어린 왕자는 잘 기억해두기 위해서 되뇌었다.

"사람들은 이 진실을 잊어버렸어. 하지만 너는 잊으면 안 돼. 너는 네가 길들인 것에 대해 언제까지나 책임이 있어. 너는 네 장미꽃에 대해 책임이 있어…"

"나는 내 장미꽃에 대한 책임이 있어…" 어린 왕자는 잘 기억해두기 위해서 되뇌었다.

XXII

"안녕." 어린 왕자가 말했다.

"안녕." 선로 변경 철도원이 말했다.

"여기서 뭐 하고 있어요?" 어린 왕자가 물었다.

"승객들을 천 명씩 나누고 있어. 승객들을 태운 기차를 오른쪽으로 보내기도 하고, 왼쪽으로 보내기도 하지." 철도원이 말했다.

불을 환하게 켠 급행열차가 천둥 같은 소리를 내며 지나가는 바람에 철도원의 조종실이 뒤흔들렸다.

"저 사람들은 무척 바쁜 것 같아요. 무얼 찾고 있는 거지요?"

"그건 기차를 모는 사람도 몰라." 철도원이 말했다.

그러자 반대편에서 불을 환하게 켠 두 번째 급행열차가 으르렁거리는 소리를 내며 지나갔다.

"아까 그 사람들이 벌써 돌아오는 거예요?" 어린 왕자가 물었다.

"같은 사람들이 아니야. 두 열차가 교차하는 거야." 철도원이 말했다.

"자기가 있는 곳이 만족스럽지 않았나 봐요?"

"자기가 있는 곳에 만족하는 사람은 없어." 철도원이 말했다.

불을 환하게 켠 세 번째 기차가 으르렁거리는 소리를 내며 지나갔다.

"저 사람들은 첫 번째 기차에 탄 사람들을 쫓아가는 건가요?" 어린 왕자가 물었다.

"쫓아가는 게 아니야. 기차 안에서 자거나 하품할 뿐이야. 아이들만이 유리창에 코를 납작하게 대고 있을 뿐이지."

"아이들만이 자신이 무엇을 찾는지 아는 거군요." 어린 왕자가 말했다. "아이들은 헌 옷으로 만든 인형을 가지고 노느라 시간을 보내요. 그리고 그 인형은 아주 중요한 것이 되지요. 그래서 누군가가 인형을 뺏으면 울음을 터트려요…."

"아이들은 운이 좋아." 철도원이 말했다.

XXIII

"안녕." 어린 왕자가 말했다.

"안녕." 상인이 말했다.

그는 가장 최근에 나온 갈증을 가라앉히는 알약을 파는 상인이었다. 그 약을 일주일에 한 알씩 삼키면 더 이상 갈증을 느끼지 않게 된다.

"왜 이런 약을 팔아요?" 어린 왕자가 물었다.

"이건 시간을 엄청나게 절약하게 해주는 약이야." 상인이 말했다. "전문가들이 계산을 해봤는데, 일주일에 오십삼 분을 절약할 수 있지."

"그럼 절약한 오십삼 분으로 뭘 하지요?"

"자기가 하고 싶은 대로 하는 거지…"

'내가 오십삼 분을 더 쓸 수 있다면, 나는 우물이 있는 곳으로 천천히 걸어갈 텐데…'.

어린 왕자는 생각했다.

XXIV

사막에서 내 비행기가 고장을 일으킨 지 여드레째 되는 날이었다. 나는 그 상인의 이야기를 들으며 비축해두었던 물의 마지막 한 방울을 마셨다.

"아! 정말 재미있는 이야기구나. 하지만 나는 아직도 비행기를 고치지 못했어. 그리고 더 이상 마실 물이 없어. 우물이 있는 곳까지 천천히 걸어갈 수 있다면 나도 정말 기쁠 거야!"

"내 친구 여우가 말했어…." 어린 왕자가 나에게 말했다.

"내 작은 친구야, 여우가 문제가 아니라고!"

"왜?"

"곧 목이 말라 죽게 되었으니까…."

어린 왕자는 내가 하는 말을 알아듣지 못하고 이렇게 말했다.

"곧 죽게 되더라도 친구를 갖는 건 좋은 일이야. 난 여우 친구가 있었다는 게 기뻐."

'이 아이는 얼마나 위험한지 모르는구나. 배고픔도, 목마름도 느끼지 않아. 그저 조금의 햇살만 있으면 돼…' 나는 생각했다.

하지만 어린 왕자는 나를 바라보더니 내가 무슨 생각을 하는지 안다는 듯이 말했다.

"나도 목말라… 우물을 찾으러 가자."

나는 소용없다는 몸짓을 했다. 거대한 사막에서 무턱대고 우물을 찾아 나서는 것은 무모한 짓이다. 그래도 우리는 걷기 시작했다.

몇 시간 동안 아무 말도 없이 걷다 보니 저녁이 되었고 별이 빛나기 시작했다. 갈증 때문에 조금 열이 올라서인지 나는 별들이 꿈을 꾸는 것처럼 보였다. 어린 왕자가 한 말들이 기억 속에서 춤을 추었다.

"너도 목이 마르기는 하는구나?" 내가 물었다.

하지만 어린 왕자는 내가 묻는 말에는 대답하지 않고 이렇게만 말했다.

"물은 마음에도 좋을 수가 있어…."

어린 왕자의 대답을 이해할 수 없었지만 나는 잠자코 있었다. 어린 왕자에게 묻지 않는 게 낫다는 걸 알고 있었기 때문이다.

어린 왕자는 지쳐 있었다. 그는 앉았다. 나는 어린 왕자 곁에 앉았다. 어린 왕자는 말없이 있다가 이렇게 말했다.

"별들이 아름다운 건, 눈에 보이지 않는 꽃 한 송이 때문이야."

나는 '물론이지' 하고 대답하고, 달빛 아래 주름진 모래 언덕을 바라보았다.

"사막은 아름다워." 어린 왕자가 다시 말했다.

그것은 사실이었다. 나는 언제나 사막을 좋아했다. 모래 언덕에 앉아 있으면 아무것도 보이지 않고, 아무것도 들리지 않는다. 하지만 고요함 속에서 무엇인가 빛을 발한다….

"사막이 아름다운 건 어딘가에 우물을 감추고 있기 때문이야…." 어린 왕자가 말했다.

나는 사막의 그 신비로운 빛이 무엇인지 문득 깨닫고 깜짝 놀랐다. 나는 어렸을 때 오래된 집에서 살았는데, 그 집에는 보물이 숨겨져 있다는 이야기가 전해 내려오고 있었다. 물론 아무도 그 보물을 찾지 못했고, 찾으려는 사람도 없었다. 하지만 그 전설만으로도 집은 마치 마법에 걸려 있는 듯했다. 우리 집은 저 깊숙한 곳 어딘가에 비밀을 감추고 있었다….

"맞아. 집이든 별이든 사막이든 그것들을 아름답게 하는 것은 눈에 보이지 않는 법이지!"

"아저씨가 내 여우와 같은 생각을 하고 있어서 기뻐."

어린 왕자가 잠이 들어버려서 나는 그를 안고 다시 걷기 시작했다. 가슴이 뭉클했다. 깨질 것 같은 보물을 안고 걷는 기분이었다. 마치 이 지구에는 그보다 더 깨지기 쉬운 것은 없을 것 같았다. 나는 달빛 아래에서 어린 왕자의 창백한 얼굴, 감은 눈, 바람에 흩날리는 머리카락을 보며 생각했다. '내가 보고 있는 것은 껍질에 지나지 않아. 가장 중요한 것은 눈에 보이지 않지….'

어린 왕자의 반쯤 벌려진 입술에 어렴풋한 미소가 생기는 것을 보고 또 생각했다. '잠들어 있는 어린 왕자가 나를 감동시키는 것은 꽃 한 송이에 대한 변함없는 마음, 잠들어 있을 때에도 램프의 불꽃처럼 마음속에서 빛나고 있는 장미꽃 한 송이 때문이야….' 그러니 어린 왕자가 더욱 부서지기 쉬운 존재로 느껴졌다. 등불을 잘 보호해야 한다. 바람이 세게 일면 꺼질 수 있으니까….

그렇게 걸어가다가 동이 틀 무렵, 나는 우물을 발견했다.

XXV

"사람들은 급행열차를 타고 달리지만 자신들이 무얼 찾으러 가는지
는 모르고 있어. 그래서 불안해서 제자리를 맴돌아…."

어린 왕자가 다시 말했다.

"그럴 필요가 없는데…."

우리가 도달한 우물은 사하라 사막의 우물과는 달랐다. 사하라
사막의 우물은 모래에 파놓은 구멍 같은데, 이 우물은 마을에서나
볼 수 있는 우물 같았다. 하지만 거기에 마을이라고는 없었다. 그래
서 내가 꿈을 꾸는 것은 아닌가 하는 생각이 들었다.

"이상하네. 모든 것이 갖춰져 있어. 도르래도 있고 물통, 밧줄…."
내가 어린 왕자에게 말했다.

어린 왕자는 웃으면서 줄을 잡고 도르래를 돌려보았다. 그러자 오

랫동안 잠을 자던 바람이 다시 일어 돌아가기 시작하는 오래된 풍차가 내는 소리처럼 도르래가 삐걱거렸다.

"아저씨도 들리지. 우리가 우물을 깨웠더니 우물이 노래하고 있어…"

나는 어린 왕자에게 힘을 쓰는 일을 시키고 싶지 않았다.

"내가 할게. 너에게는 너무 무거워."

나는 물통을 우물 돌까지 천천히 끌어올려서 잘 세워놓았다. 귓가에는 여전히 도르래의 노랫소리가 들렸고, 찰랑거리는 물 안에는 햇살이 일렁이는 듯했다.

"목이 말라. 물을 줘…"

나는 어린 왕자가 찾던 것이 무엇인지 알았다!

나는 물통을 어린 왕자의 입술까지 들어 올려주었다. 어린 왕자는 눈을 감은 채로 물을 마셨다. 물은 마치 축제처럼 달콤했다. 그 물은 보통 마시는 물과는 달랐다. 그 물은 별빛 아래에서 걷고, 도르래의 노래를 들으며 내가 힘을 들여 끌어올린 물이었다. 마치 선물처럼 마음도 행복하게 해주는 물이었다. 내가 어렸을 때, 크리스마스 트리의 불빛, 자정 미사의 음악, 부드러운 웃음이 내가 받은 크리스마스 선물을 더욱 황홀하게 만들어주고는 했다.

"아저씨가 사는 별의 사람들은 정원 한 곳에서 오천 송이의 장미꽃을 기르지만, 거기선 사람들이 원하는 것을 찾지 못해…" 어린 왕자가 말했다.

"찾지 못하지…" 내가 대답했다.

"하지만 사람들이 원하는 걸 꽃 한 송이나 물 한 모금에서 찾을 수 있을지도 몰라…"

"물론이지." 내가 대답했다.

어린 왕자가 말을 이었다.

"그런데 눈으로는 아무것도 볼 수 없어. 마음으로 찾아야 해."

나는 물을 마셨다. 숨쉬기가 편해졌다. 동이 틀 무렵의 모래는 꿀빛이었다. 나는 이 꿀빛을 보면서도 행복했다. 무엇 때문에 힘들었던 것일까….

"아저씨는 아저씨가 한 약속을 지켜야 해." 어린 왕자가 다시 내 옆에 앉아 부드럽게 말했다.

"무슨 약속?"

"약속했잖아… 양에게 굴레를 씌워주겠다고… 난 그 꽃에 대한 책임이 있어!"

나는 주머니에서 대충 그렸던 그림들을 꺼냈다. 어린 왕자는 그림들을 보더니 웃으면서 말했다.

"아저씨가 그린 바오밥나무는 어떻게 보면 양배추 같아…."

"저런!"

바오밥나무 그림을 그리고 나 자신이 그토록 자랑스러웠는데!

"그리고 여우는… 귀가… 뿔 같아… 너무 길잖아!"

어린 왕자는 다시 웃었다.

"그건 너무한데. 나는 속이 보이거나 보이지 않는 보아 뱀밖에 그릴 줄 몰랐어!"

"아! 괜찮아, 아이들은 알고 있으니까."

그래서 나는 연필로 굴레를 그렸다. 그것을 어린 왕자에게 주면서 가슴이 미어지는 느낌이 들었다.

"너는 내가 모르는 계획이 있구나…."

어린 왕자는 내 말에는 대답하지 않고 이렇게 말했다.

"있잖아, 내가 지구에 떨어진 지… 내일이면 일 년이 돼…."

어린 왕자는 잠시 말이 없다가 다시 이렇게 말했다.

"바로 이 근처에 떨어졌어…."

그러고는 얼굴을 붉혔다.

그러자 왠지 모르게, 또다시 알 수 없는 슬픔이 북받쳐왔다. 하지만 한 가지 의문이 생겼다.

"그럼 일주일 전, 내가 너를 처음 만난 날 아침에 사람들이 사는 곳에서 이렇게 아득히 떨어진 곳에서 혼자 걸어가고 있었던 건 우연이 아니었구나. 네가 처음 떨어졌던 곳으로 되돌아가고 있었던 거니?"

어린 왕자는 다시 얼굴을 붉혔다.

그래서 나는 머뭇거리며 다시 물었다.

"일 년이 다 되었기 때문이야?"

어린 왕자의 얼굴이 다시 붉어졌다. 어린 왕자는 내 질문에 전혀 답을 하지 않았지만, 얼굴이 붉어진다는 것은 '그렇다'라는 뜻이 아닌가!

"아! 난 두려워져…."

하지만 어린 왕자가 대답했다.

"아저씨는 이제 일을 해야 해. 다시 비행기로 돌아가야 해. 난 여기서 아저씨를 기다릴게. 내일 저녁에 돌아와…"

그래도 나는 안심할 수 없었다. 여우가 생각났다. 길들여지면 조금 눈물을 흘리게 될 수도 있는 법이다.

XXVI

우물 옆에는 폐허가 된 낡은 돌담이 있었다. 다음 날 저녁 수리 작업을 마치고 돌아왔을 때 나는 다리를 아래로 늘어뜨리고 돌담 위에 앉아 있는 어린 왕자를 멀리서 보았다. 그리고 어린 왕자가 누군가에게 말하는 소리를 들었다.

"그러니까 너는 기억을 못 하는 거지? 정확히 여기는 아니잖아!"

어린 왕자가 다시 이렇게 대꾸를 하는 것을 보니 다른 목소리가 대답한 것 같다.

"그래, 맞아! 날짜는 맞는데 장소가 여기가 아니라는 거야…"

나는 돌담 쪽으로 걸어갔다. 여전히 아무도 보이지 않고, 아무런 목소리도 들리지 않았다. 하지만 어린 왕자는 다시 대꾸했다.

"물론이지. 모래 위 어디에서 내 발자국이 시작되는지 볼 수 있을 거야. 그곳에서 나를 기다리기만 하면 돼. 내가 오늘 저녁에 갈게."

나는 돌담에서 이십 미터밖에 떨어져 있지 않았지만, 여전히 아무것도 보이지 않았다.

어린 왕자는 잠시 말이 없다가 다시 말했다.

"너는 좋은 독을 갖고 있지? 나를 오랫동안 고통스럽지 않게 한다는 거 확실하지?"

나는 가슴이 메어와 멈춰 섰다. 하지만 나는 여전히 이해할 수 없었다.

"이제 저리 가… 다시 내려가고 싶다고!" 어린 왕자가 말했다.

그래서 나는 몸을 낮춰서 돌담 아래쪽으로 눈을 돌렸다. 그리고 나는 너무 놀라서 펄쩍 뛰었다. 거기에는 삼십 초 만에 사람을 죽일 수 있는 노란 뱀 한 마리가 어린 왕자를 향해 몸을 세우고 있었다. 나는 권총을 꺼내려고 주머니를 뒤지며 빠르게 발걸음을 옮겼지만 뱀은 그사이 마치 물줄기가 땅속으로 스며들 듯이 모래 속으로 미끄러지더니, 너무 서두르지도 않고 가벼운 금속이 부딪치는 소리를 내며 돌담 틈으로 사라졌다.

나는 내 작은 어린 왕자가 흰 눈처럼 창백해진 채로 떨어지려는 순간에 그를 두 팔로 가까스로 받아 안을 수 있었다.

"도대체 어떻게 된 일이야! 이제는 네가 뱀과 말을 하고 있잖아!"

나는 언제나 어린 왕자의 목을 두르고 있던 황금빛 목도리를 풀었다. 나는 어린 왕자의 뺨을 물로 적시고 물을 마시게 했다. 이제는 어린 왕자한테 그 무엇도 물어볼 수가 없었다. 어린 왕자는 나를 심각하게 바라보더니 두 팔로 내 목을 감아 안았다. 나는 어린 왕자의 심장이 카빈총에 맞아 죽어가는 새의 심장처럼 뛰는 것을 느꼈다. 어린 왕자가 말했다.

"아저씨가 고장 난 기계를 고쳐서 기뻐. 이제 아저씨 집으로 돌아갈 수 있겠네…."

"그걸 네가 어떻게 아니!"

내 예상과 달리 비행기를 고칠 수 있었다고 막 말하려던 참이었다!

어린 왕자는 내 말에 대답하지 않았지만 이렇게 말했다.

"나도 오늘 내 별로 돌아가…"

그러더니 우울하게 말했다.

"훨씬 더 멀어… 그래서 훨씬 더 어려워…"

나는 어떤 심상치 않은 일이 일어나고 있음을 확실히 느꼈다. 나는 어린 왕자를 아이처럼 두 팔로 꼭 안았지만 그는 내가 붙잡을 수도 없이 심연으로 곧장 빠져들어 가는 것 같았다.

어린 왕자의 시선은 진지하면서도 먼 곳을 바라보는 듯했다.

"나에게는 아저씨가 그려준 양이 있어. 양을 넣어 둘 상자도 있고. 그리고 굴레도…"

그리고는 쓸쓸한 웃음을 지었다.

나는 오랫동안 기다렸다. 어린 왕자의 몸이 다시 조금씩 따뜻해지는 것을 느꼈다.

"내 작은 친구야. 무서웠구나…"

당연히 두려웠을 것이다! 하지만 어린 왕자는 부드럽게 웃었다.

"오늘 저녁에는 더 무서울 것 같아…"

이제는 돌이킬 수 없는 일이라는 생각에 나는 다시 한번 가슴이 얼어붙는 것을 느꼈다. 그리고 다시는 이 웃음소리를 들을 수 없다는 생각에 견딜 수가 없었다. 그 웃음소리는 나에게 사막의 분수와도 같았다.

"작은 친구야. 너의 웃음소리가 다시 듣고 싶구나…"

하지만 어린 왕자는 말했다.

"오늘 밤이면 일 년이 돼. 내 별은 내가 작년에 떨어졌던 자리 바로 위에 올 거야…."

"작은 친구야, 뱀 이야기, 만남과 별 이야기 모두 그저 나쁜 꿈이었지…."

하지만 어린 왕자는 내 말에는 대답하지 않고 이렇게 말했다.

"중요한 것은 눈에 보이지 않아…."

"물론이지…."

"꽃도 마찬가지야. 아저씨가 어떤 별에 있는 꽃 한 송이를 사랑한다면, 밤에 하늘을 쳐다보는 것이 달콤할 거야. 모든 별에 꽃이 피어 있을 테니까."

"그래…."

"물도 마찬가지야. 아저씨가 내게 마시라고 준 물은 음악 같았어. 도르래와 밧줄이 내는 소리 때문에… 기억하거든… 물맛이 좋았어."

"그랬지…."

"밤이 되면 별들을 바라봐. 내 별은 너무 작아서 어디에 있는지 가르쳐줄 수는 없어. 하지만 그게 더 나아. 아저씨에게 내 별은 수많은 별들 중 하나일 테니까. 아저씨는 저 많은 별들을 다 좋아하게 될 거야. 모든 별들이 아저씨의 친구가 될 거야. 그리고 내가 아저씨에게 선물 하나를 줄게…."

어린 왕자가 다시 웃었다.

"아! 작은 친구야, 작은 친구야, 나는 그 웃음소리가 좋아!"

"그게 바로 내 선물이야… 물과 같을 거야…"

"그건 무슨 뜻이야?"

"사람들은 저마다 다른 별을 갖고 있어. 여행하는 사람들에게 별은 안내자야. 하지만 어떤 사람들에게는 그저 작은 불빛에 지나지 않아. 또 어떤 학자들에게는 문제일 거야. 내가 알고 있는 사업가에게 별들은 황금이었어. 하지만 저 모든 별들은 말이 없어. 아저씨도 아무도 갖고 있지 않은 별을 갖게 될 거야…"

"무슨 말을 하고 싶은 거니?"

"아저씨가 밤에 하늘을 볼 때, 내가 그 별들 중 하나에 내가 살고 있을 거니까, 내가 그 별들 중 하나에서 웃고 있을 테니까, 아저씨에게는 모든 별들이 웃는 것처럼 보일 거야. 아저씨는 웃을 줄 아는 별을 갖게 되는 거야!"

그리고 어린 왕자는 다시 웃었다.

"언젠가 슬픔이 가시면 (슬픔은 언제나 가시기 마련이니까) 나를 알게 되었다는 것을 기뻐하게 될 거야. 아저씨는 언제나 내 친구일 거고, 나와 함께 웃고 싶을 거야. 그리고 가끔 그냥 창문을 열어볼 거야… 아저씨 친구들은 하늘을 보며 웃는 아저씨를 보고 놀라겠지. 그럼 아저씨는 친구들에게 이렇게 말해. '그래, 난 별을 보면 항상 웃음이 나와!' 그럼 친구들은 아저씨가 정신이 나갔다고 생각할 거야. 난 그럼 아저씨를 골탕 먹인 셈이 될 것이고…"

그리고 어린 왕자는 다시 웃었다.

"내가 아저씨에게 별 대신에 웃을 줄 아는 작은 방울들을 한가
득 준 게 되는 거야…"

어린 왕자는 다시 웃었다. 그러더니 다시 심각해졌다.

"오늘 저녁에는… 있잖아… 오지 마."

"나는 네 곁을 떠나지 않을 거야."

"아픈 것처럼 보일 거야… 죽는 것처럼 보일 거야. 아마 그럴 거
야. 그러니까 그런 걸 보러 오지 마. 그럴 필요 없어…"

"나는 네 곁을 떠나지 않을 거야."

하지만 어린 왕자는 걱정스러운 얼굴이었다.

"이런 말을 하는 건… 뱀 때문이기도 해. 뱀이 아저씨를 물면 안되니까. 뱀들은 심술궂어. 심심풀이로 그냥 물 수도 있어…."

"나는 네 곁을 떠나지 않을 거야."

하지만 무언가가 어린 왕자를 안심시켰다.

"아, 두 번째로 물 때는 더 이상 독이 없기는 해…."

그날 저녁, 나는 어린 왕자가 길을 떠나는 것을 보지 못했다. 소리 없이 사라진 것이다. 내가 다시 어린 왕자를 찾았을 때, 어린 왕자는 단호하게 빠른 걸음으로 걷고 있었다.

나에게는 이렇게만 말할 뿐이었다.

"아! 아저씨 왔어…."

어린 왕자는 내 손을 잡았다. 하지만 다시 몹시 걱정했다.

"아저씨가 잘못한 거야. 마음이 아플 거야. 나는 죽는 것처럼 보이겠지만 사실은 그렇지 않아."

나는 아무 말도 하지 않았다.

"아저씨도 알겠지만, 내 별은 너무 멀어. 그래서 이 몸을 갖고 갈수가 없어. 너무 무겁거든."

나는 아무 말도 하지 않았다.

"내 몸은 버려진 껍질 같을 거야. 버려진 껍질은 그렇게 슬프지 않잖아…."

나는 아무 말도 하지 않았다.

어린 왕자는 조금 풀이 꺾였다. 하지만 다시 힘을 냈다.

"참 좋을 거야. 나도 역시 별들을 바라볼 거야. 모든 별들이 녹슨 도르래가 달린 우물 같을 거야. 모든 별들이 나에게 마실 물을 주겠지…"

나는 아무 말도 하지 않았다.

"정말 재미있을 거야! 아저씨는 오억 개나 되는 작은 방울을 갖게 되고, 나는 오억 개의 샘을 갖게 되는 거잖아!"

그리고 어린 왕자는 또 아무 말도 하지 않았다. 울고 있었던 것이었다.

"저기야. 혼자 한 발자국만 걸어갈게."

어린 왕자는 그 자리에 앉았다. 두려웠기 때문이다.

어린 왕자가 다시 말했다.

"아저씨… 내 꽃 말이야…. 나는 그 꽃에 대한 책임이 있어! 그 꽃은 정말 연약해. 게다가 정말 순진하기도 하고. 세계로부터 자신을 보호하기 위해 가지고 있는 게 보잘것없는 가시 네 개뿐이야…."

나는 더 이상 서 있을 수가 없어서 주저앉았다. 어린 왕자가 말했다.

"자… 이게 다야…."

어린 왕자는 다시 조금 망설이더니 이내 일어났다. 그리고 한 걸음을 내디뎠다. 나는 움직일 수가 없었다.

어린 왕자의 발목 가까이에서 노란빛이 반짝할 뿐이었다. 순간 어린 왕자는 몸을 움직이지 않았다. 소리도 지르지 않았다. 어린 왕자는 나무가 넘어지듯이 천천히 쓰러졌다. 모래 때문에 소리조차 나지 않았다.

XXVII

그리고 지금, 벌써 여섯 해가 흘렀다. 나는 아직도 이 이야기를 한 번도 하지 않았다. 나를 다시 만난 동료들은 내가 살아 돌아온 것을 기뻐했다. 나는 슬펐지만 그들에게는 '피곤해서 그래'라고만 말했다.

이제는 슬픔이 조금 가셨다. 그러니까… 다 가시지는 않았다는 말이다. 하지만 나는 어린 왕자가 자신의 별로 돌아갔음을 잘 알고 있다. 왜냐하면 다음 날 아침, 어린 왕자의 몸이 보이지 않았기 때문이다. 어린 왕자의 몸은 그렇게 무겁지 않았다…. 그리고 나는 밤에 별들의 소리를 듣는 것을 좋아한다. 그것들은 오억 개의 작은 방울 같다….

그런데 이상한 일이 일어나고 있다. 내가 어린 왕자에게 그려준 굴레에 가죽끈을 그려주는 것을 잊었던 것이다! 어린 왕자는 양에게 굴레를 씌우지 못할 것이다. 그래서 나는 혼자 생각한다. '어린 왕자의 별에서 무슨 일이 일어났을까? 어쩌면 양이 장미꽃을 먹어버렸을지도 몰라…'

가끔 이런 생각도 한다. '그럴 리가 없어! 어린 왕자는 매일 저녁 꽃에 둥근 유리 덮개를 씌워주고 양을 잘 감시할 거야…' 그렇게 생각하면 행복하다. 그러면 하늘의 모든 별들도 부드럽게 웃는다.

또 한편으로는 이런 생각도 한다. '한두 번은 방심하기 마련인데, 그럼 끝이잖아! 어느 날 저녁, 어린 왕자가 유리 덮개를 씌우는 것을 깜빡하거나, 양이 소리 없이 상자 밖으로 나왔다면…' 그런 생각을 하면 작은 방울들은 눈물방울로 변한다!

이건 정말 신비로운 일이다. 나처럼 어린 왕자를 사랑하는 당신도 마찬가지일 것이다. 우리가 알지 못하는 우주 어딘가에서 우리가 알지 못하는 양 한 마리가 꽃을 먹었는가, 안 먹었는가에 따라 세상이 온통 다르게 보인다…

하늘을 바라보라. 그리고 한 번 물어보라. '양이 그 꽃을 먹었을까, 먹지 않았을까?'

그러면 당신은 모든 것이 달라진다는 것을 알 수 있을 것이다…

그리고 그것이 중요하다는 것을 이해하는 어른은 단 한 명도 없을 것이다!

이것은 나에게 세상에서 가장 아름답고 가장 슬픈 풍경이다. 이 그림은 앞 페이지에 그렸던 그림이지만, 당신에게 더 잘 보여주기 위해 다시 그렸다. 바로 여기가 어린 왕자가 지구에 나타났다가 사라진 곳이다.

만약 당신이 언젠가 아프리카를 여행하게 될 때, 그곳 풍경을 더 잘 알아볼 수 있도록 그림을 더 잘 봐주기를 바란다. 그리고 만약 이곳을 지나가게 된다면 제발이지 서두르지 말고 별 아래에서 잠깐 기다리기를 바란다. 그리고 만약 어떤 아이가 당신에게 온다면, 그가 웃고 있고 머리가 황금빛이고 당신이 묻는 말에 대답을 하지 않는다면 당신은 그 아이가 누구인지 금방 알아차릴 것이다. 그 아이에게 잘해주기를! 그리고 내가 더 이상 슬퍼하지 않도록 그 아이가 다시 왔다고 편지로 알려주길 바란다….

《어린 왕자》,
길들이기와 관계 맺기의 방정식

'숫자' 사용에 대한 양해

《어린 왕자》의 이야기를 풀어나가는 화자와 이 작품의 주인공인 어린 왕자에게 한 가지 양해를 구하면서 이 글을 시작하고자 한다. '숫자' 사용에 대한 양해가 그것이다. 화자는 《어린 왕자》 제4장, 제17장에서 어른들이 숫자에 집착한다고 비난한다. 어린 왕자도 네 번째 별에서 만난 숫자 계산에만 몰두하고 있는 사업가를 못마땅하게 생각한다.

하지만 《어린 왕자》의 작가를 소개하고, 또 이 작품이 얼마나 대단한 작품인가를 알려면 숫자에 의존하는 것도 좋은 접근 방식일 수 있다. 물론 어린 왕자는 이 작품의 위대함을 이처럼 숫자로 제시하려는 태도를 '허영심'의 발로로 여길 수 있다. 다른 사람들의 박수

갈채나 찬미 속에서만 존재의 이유와 가치를 찾는 두 번째 별에 사는 허영쟁이의 그 허영심 말이다. 하지만 반드시 그렇지만은 않다. 모든 숫자가 어른들의 지나친 합리주의, 기계적 논리, 이기적인 계산, 허영심만을 보여주는 것은 아니다.

그런 만큼 《어린 왕자》의 작가와 이 작품과 관련이 있는 숫자를 사용하면서 이 글을 일단 어른의 눈으로 시작하고자 한다. 그다음에 이 작품을 숫자에만 관심이 있는 어른의 눈이 아니라 한때 어린 아이였던 어른의 눈으로 읽어볼 것이다.

미미한 시작, 창대한 끝

《어린 왕자》를 탄생시킨 장본인은 앙투안 드 생텍쥐페리이다. 애칭은 '생텍스'Saint-Ex이다. 행동주의 작가, 실존주의 작가로 규정되는 그는 1900년 프랑스에서 세 번째로 큰 도시인 리옹에서 태어나 제2차 세계대전 중이던 1944년에 정찰 비행을 하던 중에 독일군의 공격을 받아 비행기와 함께 실종되었다. 그의 죽음에는 여러 가지 설이 있다. 하지만 그가 정찰 비행 중에 독일군 조종사에 의해 격추되어 지중해로 떨어졌다는 것이 정설로 굳어지고 있다.

예컨대 1998년에는 프랑스의 지중해 연안 도시 마르세유 남동쪽 해저에서 한 어부가 그물로 생텍쥐페리의 이름이 새겨진 팔찌를 인양했으며, 수중 탐사 장비로 바다 깊숙이 가라앉은 정찰기도 찾아

냈다고 한다. 2008년에는 그의 정찰기를 격추시켰다는 독일군 조종사의 증언이 나오기도 했다. 하지만 생텍쥐페리의 정찰기에 총탄 자국이 없는 등의 의문점이 없지 않으며, 팔찌도 가짜라는 이야기도 있다. 어쨌든 정찰기 추락으로 인한 그의 죽음은 전설이 된 지 이미 오래다.

평생을 비행기와 동고동락한 생텍쥐페리는 문학과 예술에도 대단한 재능을 보이며 《어린 왕자》를 위시해 여러 작품을 썼다. 1926년에 단편 〈비행사〉로 문단에 데뷔한 그는 《남방 우편기》, 《야간 비행》, 《인간의 대지》, 《전시 조종사》, 《성채》 등을 남겼다.

텅 빈 공간인 하늘에서 비행기를 조종하는 특별한 상황, 그런 상황에서 두드러지는 인간의 절대적 고독, 그런 상황에서의 인간의 본질에 대한 성찰, 그런 고독을 극복하기 위한 하늘과 대지의 연결의 필요성, 인간들 사이의 연대성에 대한 강조 등등. 이것들이 생텍쥐페리의 문학 세계를 수놓은 핵심 주제들이다. 그의 문학 세계는 철학사에 커다란 족적을 남긴 하이데거, 사르트르, 메를로퐁티 등의 사유에도 적지 않은 영향을 미쳤다. 하이데거는 《어린 왕자》를 유독 아꼈고, 사르트르는 생텍쥐페리의 문학을 실존주의 문학의 단초로 여겼으며, 메를로퐁티는 자신의 주저 《지각의 현상학》을 생텍쥐페리의 《전시 조종사》에서 인용한 문장으로 마무리하고 있다.

그런데 《어린 왕자》가 미국에서 먼저 출간되었다는 사실을 알고 있는가? 대부분의 사람들은 이 사실을 모르고 있다. 불어로 쓰인 작품이니까 으레 프랑스에서 먼저 출간되었을 것이라고 생각하는 것이다. 하지만 이 작품은 의외로 미국에서 착상되고 또 먼저 출간되었다. 제2차 세계대전이 한창이던 1943년의 일이다.

생텍쥐페리는 1939년 제2차 세계대전이 발발하고 조국 프랑스가 독일에 의해 점령되자 미국으로 간다. 그가 미국행을 결심한 데에는 나치에 굴복한 조국 프랑스의 해방을 위한 방법상의 차이로 인해 발생한 프랑스인들 사이의 갈등도 한몫했다. 그는 런던에서 임시정부를 세우고 '자유 프랑스'France libre의 기치를 높이 든 드골 장군에게도 협력하지 않았고, 또한 독일에 협력하는 비시Vichy 정부의 수반인 페탱 원수에게도 협력하지 않았다. 미국의 전쟁 참여의 필요성을 주장하면서도 선택의 기로에 서 있던 그는 결국 미국행을 결정하게 된다.

그런 결정에는 생텍쥐페리가 미국에서 이미 작가로서 큰 명성을 얻고 있었다는 것도 한몫했다. 실제로 그는 1939년에 출간된《인간의 대지》를《바람과 모래와 별》이라는 제목으로 번역해 미국에서 출간했다. 상당한 인기를 얻었던 이 작품을 출판한 출판사와 번역자로부터 강연과 인터뷰 요청이 있었고, 또 프랑스 전쟁을 주제로 한 작품의 집필도 요청받은 상태였다. 생텍쥐페리는 이렇게 해서 자의 반 타의 반으로 미국에서의 체류를 시작하게 된다.

《어린 왕자》와 관련해서는 생텍쥐페리의 미국 체류에 특히 주목할 필요가 있다. 정확히 이 체류 중에 이 작품이 잉태되고 탄생했기 때문이다. 그가 언제, 어디에서 이 작품을 구상했고, 또 어린 왕자의 그림을 확정하게 되었는가를 정확히 알 수는 없다. 하지만 이 작품에서 큰 비중을 차지하는 그림, 특히 어린 왕자의 모습은 꽤 오랜 시일에 걸쳐 쌓인 결과물이라고 할 수 있다. 생텍쥐페리는 어린 시절부터 글을 쓰거나 지인들에게 쓰는 편지의 여백에 그림을 그리곤 했다.

어쨌든 생텍쥐페리가 그린 많은 그림을 통해 어린 왕자의 구체적인 모습은 아니더라도 어렴풋한 모습을 엿볼 수 있다. 예컨대 1930년에 안데스 산맥에서 실종되었다가 살아서 돌아온 앙리 기요메에게 보낸 편지에도 산 위에서 등을 보이고 서 있는 한 젊은이의 그림이 있다. 분명 이 젊은이의 모습에서도 어린 왕자의 모습을 희미하게나마 엿볼 수 있다. 이런 그림들이 하나둘 쌓여 어린 왕자의 모습으로 귀착되었다고 할 수 있다.

이와는 달리 《어린 왕자》의 탄생은 거의 우연의 소산으로 보인다. 생텍쥐페리의 미국 체류 기간 중에 뉴욕의 한 식당에서 점심식사를 하면서 나누었던 대화에서 이 작품이 탄생되었다. 식사를 하던 중에 생텍쥐페리는 흰 냅킨에다가 장난삼아 그림을 그렸다. 생텍쥐페리의 작품을 미국에서 출판했던 커티스 히치콕이 무슨 그림이냐고 물었고, 이에 생텍쥐페리는 오래전부터 마음속에 품고 다니는 한 어린아이라고 답했다. 이 말에 히치콕은 그림을 보면서 이 아이의 이야기를 어린이용으로 쓰면 좋겠다, 크리스마스 이브 이전에 책을 출간할 수 있으면 좋겠다는 의향을 피력했다. 1942년 초에 있었던 일이다.

이렇듯 우연히 잉태된 《어린 왕자》는 1943년에 뉴욕에서 불어와 영어로 동시에 출판되었다. 영어판 제목은 《The Little Prince》였고, 출판사는 레이널 & 히치코크Reynal & Hitchcock였다. 다만 프랑스에서는 1945년 11월에 출간되었고, 전쟁 중에 종이가 귀해 1946년 4월에서야 비로소 서점에 배포되기 시작했다.

《어린 왕자》는 어떤 이유에서 프랑스에서보다 미국에서 먼저 출간되었을까? 저작권 문제 때문이었다. 실제로 생텍쥐페리는 그의 첫 번째 장편소설 《남방 우편기》를 1930년에 프랑스의 갈리마르Gallimard 출판사에서 출간하고, 장차 그가 쓰게 될 작품 일곱 권에 대한 계약서를 이미 작성했다. 이런 이유로 《어린 왕자》를 출간하고자 하는 미국 출판사와 프랑스 출판사 사이에 마찰이 불가피했던 것으로 보인다.

어쨌든 우여곡절 끝에 《어린 왕자》는 미국에서는 1943년부터, 프랑스에서는 1946년부터 독자들의 사랑을 받기 시작했다. 특히 프랑스에서는 이 작품의 출간 연도를 1946년으로 잡고 있다. 왜냐하면 이 작품이 인쇄된 것은 1945년 11월이지만 서점에 보급된 것은 1946년 4월이기 때문이다.

이렇듯 《어린 왕자》의 착상은 우연에 가까웠고 그 시작은 미미했다. 하지만 그 뒤로 이 작품이 걸어온 길을 보면 그 끝은 창대하기

이를 데 없다. 물론 이 작품은 앞으로도 계속 출판될 것이고, 또 독자들의 사랑을 받을 것이기 때문에, 그 끝을 말하는 것은 어불성설이다. 하지만 지금까지의 결과를 보면 그 끝이 창대하다는 것은 의심의 여지가 없다.

이를 단적으로 보여주는 숫자가 있다. 《어린 왕자》는 지금까지 전 세계에서 여러 방언들을 포함해 360여 개의 언어로 번역되었다. 또한 판매 부수는 공인, 비공인 판본을 합해 대략 1억 5천만 권에 달한다. 이것은 1250여 개의 언어로 번역된 《성경》 다음으로 많은 부수이다. 《어린 왕자》의 위대함을 보여주는 것으로 이 두 숫자보다 더 뚜렷한 증거는 없다.

통신 기술의 발달에 따른 세계화로 인해 《어린 왕자》가 거둔 이와 같은 성과를 평가절하 할 수도 있을 것이다. 이런 수치가 1943년부터 지금까지 약 77년 동안의 누계라고 말이다. 요즈음 몇 년 사이에 조회 수가 30~40억 회를 넘어서는 이른바 'Billion View Club'에 등록된 노래 등에 비하면 턱없이 적은 수치라고 말이다. 하지만 디지털 시대가 아니라 아날로그 시대의 대표적 매체인 인쇄물을 통해 1억 5천만 부 이상이 출간되었다는 것은 거의 기적이라고 할 수 있을 것이다.

그뿐만이 아니다. 《어린 왕자》의 작가 생텍쥐페리의 이름은 여러 도시의 길거리, 광장, 박물관, 학교, 테마파크 등의 이름을 빛내주고 있다. 예컨대 그가 태어난 리옹의 공항 이름은 '리옹-생텍쥐페리 공항'이다. 그의 동상을 위시해 어린 왕자가 떠나온 소행성 B612를 재현한 조형물 등을 프랑스 도처에서 볼 수 있다. 또한 생텍쥐페리의 모습이 프랑스의 옛 50프랑짜리 지폐에 새겨졌고,《어린 왕자》에 나오는 두 개의 화산, 꽃, 보아뱀 등의 모습도 새겨졌다.

또한《어린 왕자》는 문화콘텐츠 산업 분야에서 중요한 의미를 부여받고 있는 이른바 'OSMU'One source multi-use의 가장 대표적인 예이다.《어린 왕자》는 연극, 영화, 뮤지컬, 만화, 애니메이션, 오페라, 샹송, 카세트테이프, CD 등과 같은 다양한 매체로 변용되어 많은 사람들의 사랑을 받고 있다. 또한 '어린 왕자'를 주제로 하는 후속 작품도 출간되었다. 이렇듯《어린 왕자》의 시작은 미미했으나 지금까지 그 끝은 그야말로 창대함 그 자체이다. 앞으로도 계속 그럴 것이다. 지금도 프랑스에서 1년에 35만 부 이상이 출간되고 있다는 사실이 그 증거이다.《어린 왕자》는 기적을 넘어 가히 하나의 신화가 되었다고 할 수 있을 정도이다.

숨겨진 '보물' 찾기의 어려움

《어린 왕자》의 제24장에서 화자는 어린 왕자와 만난 지 8일째 되는 날, 먹을 물을 찾기 위해 사막에서 우물을 찾아 나선다. 그때 화자는 어렸을 때 살던 집을 회상하면서 그 집에 숨겨진 '보물'로 인해 그 집이 '마법'에 걸린 것 같다고 얘기한다. 또한

제21장에서 여우는 친구가 되었다가 헤어지게 된 어린 왕자에게 하나의 '비밀'을 가르쳐준다. "가장 중요한 것은 눈에 보이지 않아."

그렇다면 《어린 왕자》에서 가장 중요한 것은 무엇일까? 이 작품을 마법적으로 만드는 그 보물은 어디에 숨겨져 있을까? 어린 왕자는 사막에서 우물을 찾으면서 '사막이 아름다운 건 어딘가에 우물을 감추고 있기 때문'이라고 말한다. 이 작품을 아름답게 만드는 우물은 어디에 있을까? 이 질문들은 '도대체 이 작품이 왜 그렇게 많은 사람들의 사랑을 받을까'라는 질문의 다른 형태들이다. 이 작품의 '아우라'는 어디에 있을까?

어쩌면 이 질문들에 답을 하는 것이 이 글의 가장 큰 목적일 것이다. '해설'의 사전적 의미는 '무엇의 내용이나 의미 등을 알기 쉽게 풀어서 설명함'이다. 따라서 《어린 왕자》를 해설한다는 것은 이 작품의 내용이나 의미 등을 알기 쉽게 풀어 설명하는 일일 터이다. 그런데 《어린 왕자》를 해설하는 것이 가능할까?

완전히 불가능하지는 않겠지만 결코 쉽지 않을 것이다. 이 작품에 대한 연구, 해설, 주석 등은 이미 헤아릴 수 없을 정도로 많다. 이 작품에 대해서는 거의 모든 것이 다 파헤쳐져 더 이상 파헤칠 것이 없다고 해도 과언이 아닐 성싶다. 예컨대 이 작품에 나타난 어린 왕자의 그림들에서 목도리의 방향, 목도리의 움직임 등의 의미까지도 탐구되고 있다.

이 작품에서 새로운 보물을 찾아내지 못하는 것은 자기가 무엇을 찾는지를 알고 있는 어린아이의 순수한 눈이 아니라 오염된 어른의 눈으로 이 작품을 읽기 때문이라고 할 수도 있다. 하지만 어린아이의 눈으로도, 또 어린아이의 심성을 간직하고 있는 어른의 눈으로도 이 작품에서 새로운 보물을 발견하는 것은 결코 쉬운 일이 아니다. 《어린 왕자》를 해설한다는 것은 기존의 연구와 주해 등을 조금씩 변경시켜 반복하는 것에 불과할 공산이 대단히 크다.

순수한 동심의 세계에 대한 찬탄, 이성만을 강조하는 어른들에 대한 경종, 감성과 직관의 중요성 강조, 상상력의 고취, 물질만능주의에 대한 경고, 느림의 미학 추구, 책임과 인내심의 윤리 등등. 이런 주제들은 이 작품에 대한 거의 모든 해설서, 주석서에서 언급되는 것들이다. 그런데 이런 주제들 이외에 다른 주제들을 새로이 찾아낼 수 있을까? 답은 거의 절망적이다. 하지만 이런 절망 상태에서 빠져나올 방법이 없는 것은 아니다. 이 작품을 작가 중심이 아니라 독자 중심으로 읽는 것이 그것이다.

대부분의 독서에는 작가의 '의도'가 전제된다. 작가가 어떤 의도를 가지고 작품을 썼는가를 상정하고, 거기에 가까이 다가가려 한다. 이런 독서의 성공과 실패는 작가의 의도에의 접근 정도에 달려 있다. 하지만 '저자의 죽음' 선언을 지지하는 자들은 그런 의도를 부인한다. 그 대신 독자의 자유를 내세운다. 작품의 의미 파악은 전적으로 독자의 손에 달려 있다. 물론 이 경우에는 독서의 성공과 실패를 가늠할 수 있는 기준이 없기는 하다. 하지만 모든 독서가 자유롭

고도 창조적인 행위로 여겨진다.

그런데 위의 두 번째 독서 방법을 따르면 《어린 왕자》를 자유롭게 읽을 수 있고, 또 기존의 연구, 해설, 주석 등에 얽매일 이유가 없다. 《어린 왕자》는 독자 한 명 한 명에게 하나의 '열린' 세계로 다가온다. 이제 이런 이유로 자유로운 독서를 통해 이 작품에서 가장 중요한 개념들 중 하나인 '길들이기', 곧 '관계 맺기'에 특히 주목하고자 한다. 그 기회에 생텍쥐페리의 문학 세계를 관통하는 하나의 주제, 즉 인간이 '버섯'이 아니라 인간답게 산다는 것의 의미와 밀접하게 연결되어 있는 이 개념을 '디아포라'diaphora라는 조금은 생소한 개념과 연관 지어 이해하고자 할 것이다.

디아포라: 사소한 것들의 향연

제21장에서 여우와 어린 왕자는 서로 길들여진다. 여우는 '길들이다'의 의미를 모르는 어린 왕자에게 그 의미를 가르쳐준다. '관계 맺기'가 그것이다. 또한 여우는 관계 맺기를 위해서는 거기에 참여하는 두 당사자의 노력, 인내, 의식儀式, 책임 등이 필요하다는 것을 덧붙이는 것도 잊지 않는다. 이것들은 피상적인 인간관계를 진정한 인간관계로 승화시키는 데 필요한 덕목들이다. 물론 이런 덕목들은 인간과 인간 아닌 존재들, 가령 동물들과 식물들과의 관계에도 적용될 수 있을 것이다.

하지만 여우와 어린 왕자의 일화에서 볼 수 있는 이런 길들이기와 관계 맺기, 또 거기에 요구되는 덕목들 역시 이미 독자들에게 익숙하다. 다시 말해 새로울 것이 전혀 없다. 그런데 《어린 왕자》에서 지금까지 비교적 주목을 덜 받은 하나의 사실이 있는 것으로 보인다. 관계 맺기를 위해 거기에 참여하는 두 당사자의 '있는 그대로의 모습'에 대한 관심과 주의가 그 무엇보다 우선시되어야 한다는 사실이 그것이다.

물론 이런 사실조차도 여우가 어린 왕자에게 한 말속에 이미 들어 있다. 실제로 여우와 어린 왕자는 서로 길들여지기 전에는 서로에게 있으나 마나 한, 아무런 의미가 없는, 불필요한 존재였다. 하지만 어린 왕자와 여우가 서로 있는 그대로의 모습에 관심과 주의를 기울이기 시작하면서부터 모든 것이 달라진다. 길들이기가 시작된 것이다. 이때부터 여우는 어린 왕자에게, 또 어린 왕자는 여우에게 이 세계에서 특별한 존재이자 '유일한' 존재가 된다.

이런 사실은 또한 어린 왕자와 장미꽃의 관계에서도 확인된다. 어린 왕자가 지구에서 만나게 된 수많은 장미꽃들은 비슷해 서로 구별되지 않는다. 하지만 어린 왕자가 소행성 B612호에 두고 온 장미꽃은 다르다. 불편한 관계임에도 불구하고 어린 왕자와 이 장미꽃은 서로 있는 그대로의 모습에 관심과 주의를 기울이면서 길들여졌기 때문이다. 다시 말해 서로에게 특별하고도 유일한 존재가 되었기 때문이다.

여기서 한 가지 질문이 제기된다. 여우와 어린 왕자가 관계를 맺기 위해 서로가 관심과 주의를 기울이는 각자의 '있는 그대로의 모습'이란 대체 무엇일까? 당장 떠오르는 답은 눈에 띄는 모습이다. 하지만 이런 답만으로는 불충분하다. 그도 그럴 것이 이 질문은 '중요한 것은 눈에 보이지 않아'라는 여우의 말과 밀접하게 관련되어 있기 때문이다. 이 질문은 《어린 왕자》뿐만 아니라 생텍쥐페리의 문학세계에서 가장 중요한 주제라고 할 수 있는 길들이기, 곧 관계 맺기가 성공하기 위한 근본적인 전제 조건에 해당되는 것으로 보인다.

이 질문과 관련하여 20세기 프랑스를 대표하는 문학이론가, 기호학자인 바르트에 의해 제시된 '디아포라' 개념은 흥미롭다. 바르트는 니체로부터 이 개념을 차용한다. 물론 니체가 이 개념을 직접 사용한 것은 아니다. 니체는 《반시대적 고찰》에서 '아디아포라'adiaphora 개념을 사용한다. 이 개념은 그리스어 단어 '   '에 해당하며, 그 사전적 의미는 '무관한 것' 또는 '구별되지 않음' 등이다. 그 반대 개념에 해당하는 것이 '디아포라'διαφορά이며, 그 사전적 의미는 '관련된 것, 구별, 차이' 등이다. 또한 이 개념은 수사학에서 '같은 것을 다르게 표현하는 방식'을 의미한다. 석유를 '검은 황금'이라고 말하는 것이 그 예이다. 그런데 바르트는 그의 《소설의 준비》(이 책은 《바르트의 마지막 강의》라는 제목으로 번역되었다)에서 이 개념을 종합하고 확대해서 다음과 같은 의미로 사용한다. '하나의 사물을 다른 사물과 구별해주는 것'이라는 의미다.

이 개념은 중요하다. 하나의 사물 A를 사물 B와 구별시켜주는 것, 즉 디아포라는 A의 '고유성', '개별성', '유일무이성'唯一無二性을 보증해주기 때문이다. 디아포라는 A의 '본질', 즉 '그것성'quiddité; whatness에 직접 가 닿는다. 여기에 더해 바르트는 A를 B와 구별해주는 것, 즉 디아포라는 전적으로 '사소한 것들'에 달려 있다고 주장한다. 얼핏 보기에는 아무런 의미도 없을 것 같은 사소한 것들이 A를 B와 구별해주는 가장 중요한 요소들이라는 것이다. 거대한 파도가 아주 작은 물방울들의 집합체이듯이, A를 B와 차별화시켜주는 것은 결국 세세한 것들, 미분적인 것들이라는 주장이다.

또한 이 사소한 것들은 각각 A의 표면에서 찰라적札剌的으로 나타나며 무한정 다양하다. 바르트에 의하면 사소한 것들이 가지는 이런 특징을 잘 드러내주는 단어가 바로 다양한 '무늬들'moires, 다양한 '뉘앙스들'nuances이다. '뉘앙스'는 시시각각 변화하는 '구름'nuage과도 어원이 같다. 바르트는 이런 점을 고려하여 '디아포랄로지'diaphoralogie라는 신조어를 제시하고 있기도 하다. 그 의미는 '뉘앙스들과 무늬들의 학'science des nuances et des moires이다.

이런 의미를 가진 디아포라 개념을 염두에 두고 어린 왕자와 장미꽃, 여우와 어린 왕자의 관계로 돌아가보자. 어린 왕자와 장미꽃의 관계는 다음의 다섯 단계를 거쳐 정립되는 것으로 보인다. 1) 장미꽃과의 만남, 2) 있는 그대로의 그 장미꽃에 관심과 주의를 기울이기, 3) 그 장미꽃을 다른 장미꽃들과 구별시켜주는 사소한 요소들에 주목하기, 4) 서로 길들여지기, 5) 관계 맺기의 단계가 그것이다. 물론 3), 4)의 단계에서 여우와 장미꽃은 많은 시간과 노력을 투자하고 인내심을 발휘해야 한다. 또한 5) 단계 이후에는 서로가 서로에게 책임을 져야 한다. 위의 다섯 단계는 여우와 어린 왕자의 관계에도 그대로 적용된다.

위의 다섯 단계 중 한 단계라도 누락되면, 그 관계는 실패로 끝날 확률이 높다. 설사 성공한다고 해도 진정한 관계로 승화되지 못할 수 있다. 실제로 《어린 왕자》에서는 실패로 끝나고 마는 여러 관계들이 제시되고 있다. 보아 뱀을 그린 여섯 살 화자와 이 그림을 알아맞히지 못한 어른들의 관계, 화자가 그 이후에 만나는 대부분의 어른들과의 관계, 어린 왕자가 차례로 방문한 별들에서 만나는 어른들과의 관계, 가령 왕, 허영쟁이, 술꾼, 사업가, 점등인, 지리학자 등과의 관계가 그것이다. 이에 반해 어린 왕자와 화자, 어린 왕자와 뱀, 어린 왕자와 여우, 어린 왕자와 장미꽃 등의 관계는 모두 성공한 사례에 해당한다.

그런데 여기서 흥미로운 점은 바로 《어린 왕자》에서 성공한 관계 맺기의 주체들은 모두 상대방이 가지고 있는 디아포라적 요소들, 즉 사소한 것들 하나하나에 관심과 주의를 기울이고, 그것들을 존중한다는 사실이다. 이런 점에서 보면 화자가 비행기 고장으로 사막에 불시착했을 때 어린 왕자를 처음으로 만나는 장면은 주목을 요한다. 어린 왕자는 화자를 보자마자 무턱대고 양 한 마리를 그려줄 것을 요구한다.

이런 행위는 어른들의 상식으로 보면 잘 이해되지 않는다. 어린 왕자가 무례하다고 할 수도 있을 것이다. 하지만 화자는 화를 내지 않고 인내심을 발휘하면서 어린 왕자를 어린 왕자로 만들어주는 사소한 요소들 하나하나에 관심과 주의를 기울이고 존중해준다. 그 결과, 그들은 서로 길들여져 친구가 되고, 결국 관계 맺기에 성공하는 것이다.

반면, 제1장에서 볼 수 있는 여섯 살 화자와 그가 그린 보아 뱀을 알아맞히지 못한 어른들과의 관계 맺기는 완전히 다르게 이루어진다. 그 어른들은 여섯 살 화자의 디아포라적 요소들 하나하나에 전혀 관심과 주의를 기울이지도 않고 또 그것들을 무시한다. 다시 말해 그 화자의 있는 그대로의 모습, 곧 그의 고유성, 개별성, 유일무이성을 담보해주는 사소한 것들을 전혀 고려하지 않는다.

이와 마찬가지로 《어린 왕자》에서 어린 왕자가 별들을 방문해서 만난 어른들은 예외 없이 그들만의 획일화된 기준으로 어린 왕자를 바라보고 평가한다. 예컨대 권력과 명령, 허영심, 수치심, 부와 계산, 무용한 학문 등이 그것이다. 요컨대 그들은 어린 왕자를 있는 그대로의 어린 왕자로 만들어주는 요소들, 즉 그의 고유성, 개별성, 유일무이성을 담보해주는 그만의 디아포라적 요소들을 주목하지 못한 것이다.

생텍쥐페리는 《인간의 대지》,《전시 조종사》 등과 같은 작품에서 반복해서 이렇게 말하고 있다. 인간을 인간답게 만들어주는 것, 그 것은 관계 맺기라고 말이다. 관계 맺기는 인간이 누릴 수 있는 단 하 나의 '진실한 사치'라고 말이다. 그런데 방금 살펴본 것처럼 이와 같 은 관계 맺기에는 거기에 참여하는 두 당사자 사이의 디아포라적 요소들 하나하나에 관심과 주의를 기울이기, 그것들을 존중하기 등이 반드시 전제되어야 하는 것으로 보인다. 이것이 바로 과거에 어린아이였던 어른의 눈으로 《어린 왕자》의 해설을 시도하면서 주 목하고픈 아주 사소한 보물 중의 하나이다.

　언젠가 아프리카에 가서 어두운 밤에 하늘에 떠 있는 수많은 별 들을 바라보며 어린 왕자의 소식을 화자에게 편지로 전할 날이 오 기를 기대해본다.

변광배 한국외대 교수